南极往南

一场关于眼睛与心灵的探索之旅

噶玛梅朵 著

云南大学出版社
YUNNAN UNIVERSITY PRESS

图书在版编目（CIP）数据

南极往南：一场关于眼睛与心灵的探索之旅 / 噶玛
梅朵著. 一昆明：云南大学出版社，2017
ISBN 978-7-5482-2973-5

Ⅰ. ①南… Ⅱ. ①噶… Ⅲ. ①随笔—作品集—中国—
当代 Ⅳ. ①I267.1

中国版本图书馆CIP数据核字(2017)第096351号

出 品 人：施海涛
策划编辑：徐 曼
责任编辑：李春艳
装帧设计：郑明娟
刘 雨

南极往南

一场关于眼睛与心灵的探索之旅

噶玛梅朵 著

出版发行：云南大学出版社
印　装：昆明富新春彩色印务有限公司
开　本：787mm×1092mm　1/16
印　张：12.375
字　数：200千
版　次：2017年10月第1版
印　次：2017年10月第1次印刷
书　号：ISBN 978-7-5482-2973-5
定　价：41.80元

社　址：昆明市一二一大街182号（云南大学东陆校区英华园内）
邮　编：650091
电　话：0871-65033244 65031071
网　址：http://www.ynup.com
E-mail：market@ynup.com

推荐序 一

在去南极的路上，我遇见了她——一个对一切充满好奇、热情与探索渴望的女孩——梅朵。她善于对事物进行细致的观察，善于敏锐思考与深刻反省，这本书就是她在南极透过看见、听见、体悟凝练的结果，亦是她用心行走后带给大家的分享，里面涉及的面向非常广阔，有梦想、自然、环保、宇宙法则、爱、生死……这些分享，足以带给我更为广阔的视角与启示。我想，这也是现在很多人所需要的。

梅朵曾告诉我，她的梦想是让旅行都可以成为心灵的旅行。她在南极，在这个世界上独一无二的纯净之境，也在践行她梦想的精髓——透过旅行，我们见到的不仅是独特的文化、壮美的风景，更是在拓展地理版图之外构建起愈加辽阔与深入的心灵疆域。借助于行走的力量，我们净化心灵、扩展视野，旅行便也成为我们心灵蜕变与新生的孵化器。

作为一名天使投资人，我会特别关注创业者，关注他们在做项目时是否抱有真爱，是否诚心诚意。梅朵是一个智慧的女孩，她心中有爱。她看风景，看得到风景深处的启迪；她见人，不仅学他人的长处，更会思考其中的深意。我相信，这是爱给予她成长与蜕变的力量，她同样也可以带给他人更多的鼓舞与爱。我支持她成为她想成为的人。

祝福梅朵！不忘初心，更多地去献出爱……让每一个人因为你而变得更好！未来很美，我们一路向前！

李丽金

二〇一七年五月

李丽金，厦门原链投资管理有限公司创始人，晋江留联副会长。2015 年获"海西最具影响力女企业家"称号、"中国青年影响力最佳潜力价值投资人奖"。

推荐序 二

当年曾有一本《世界上最险恶之旅》深深打动过无数像我一样对自然中未知领域里的一切都保持强烈好奇和探究之心的人，曾催生出许多有着与斯科特一样情怀的人对南极大陆进行一浪高过一浪的探险潮。说实话，2009 年攀登过珠峰后，其实我最想去的，就是南极了，却因为各种原因未能成行。好在，现在能借助梅朵的眼睛实现梦想。

并且，眼睛后面的心灵感受到的世界可能更接近事物的真相，以帮助我们认清自己与世界的关系而得以成长。

这，也许才是这本书出世的意义所在。

与西方文化中利用极限地理环境突出自我的闯入、征服欲不同的是，中国文化内在特质是强调在山水中的自我泯灭，以体验自然奥妙为体验者所带来的持续喜悦的状态。

这是真实可信的。我曾经有过四次在野外的山水中痛哭流涕的经历。在哭的过程中，那种通透的感动在身体里自上而下流淌的感觉无法言喻。后来，我知道，那一刻，我与自然宇宙连接上了，能量开始聚合流转。这种聚合，能让我对一种美好的感觉持一种敬畏和感恩的心态，对待自己周围的一切，我当这是自然力量对行走的人的天生加持。

这种行走中的发现和觉察，是修行，是旅行的本质。

从西方的观点来看，南极是被人探索和发现的世界；从东方智慧认知的层面来说，则是自然对人心的探索和发现。因为，南极早于人类很久远，它一直存在。人类在多数时候处于自我蒙昧状态。这种区别在于人对自然的从属性，而不是相反。

这种觉察和发现，通常是通过两种形式的碰撞实现的。一是自己身心的碰撞，二是自己身心与其他众生身心的碰撞。所有生命都具有灵性，都具有生命能量因为不同碰撞而产生的轨迹：从出处到归处。

在这个过程中，有的人，人生是被动的；

有的人，人生可以自己掌控。

尼采描述过三种人类生活，最后一种叫作"英雄之旅"。内心因召唤产生的使命感，带他（她）走向一个崭新美好却充满险恶的世界，面对恶魔，如何找到生命的守护者，经历灵性觉醒，最终完成自我实现。

梅朵的南极之旅，就是一段自我发现与自我实现之旅。在这个过程中，通过各种故事及细节呈现出一个事实：生命的意义，不通过行走，就无法发现更多的可能。如同梅朵在书的结尾描述的那样：Fin Del Mundo，Principio De Todo！走出"世界的尽头"，我们又将踏上新的征程。载上满满的收获，回航至我们的出生地，生活又将重新开始，却已完全不同……

行走是为了什么？行走是为了觉察。觉察的目的，是为了安住。安住，就是让自己的心灵找到归处。

陈钧钧

二〇一七年三月

陈钧钧，网名青衣佐刀，五维教育创始人。曾登顶珠峰的国家健将级登山运动员，专业从事青少年心理韧性品质培养和训练工作。中国摄影家协会会员，写过《永无高处》《在高处遇见自己》两本励志图书。

推荐序 三

　　七年前，第一次见到梅朵，是她参加我的《找回内心的真爱》工作坊。那时候的她娇小柔弱，浑身充满紧张，眼神中带有很大的怀疑与恐惧。但她在工作坊中无比投入，倔强而勇敢地寻找着生命的意义，给我留下了很深的印象。

　　在身心成长的路上，最难的，就是直面真实的自己，尤其是我们所不愿见到和接受的黑暗面。梅朵是非常勇敢的，不管有多么大的痛苦与黑暗，不管有多难，她都勇往直前。在这里，我恭喜梅朵通过了这些磨炼，我看到梅朵一层层地褪掉自己的"盔甲"，开始绽放出真实的光芒。

　　梅朵在西藏、南极的经历，也都成为了她绽放生命历程的修炼场。透过心灵旅行的方式，她探索自我、坚定梦想，变得越来越广阔。在南极，她能够从自然界中洞悉到万物相连、时间都是幻象、二元不是对立而是和谐……这些都是她用自己的心投入这个世界所收获的智慧。我相信每个人都可以勇敢地面对自己，从而获得属于自己清透的内在智慧与无限潜能。这些已经在梅朵身上显现，也会通过梅朵激励更多的人不断向前……

现在，梅朵愿意分享自己的经历与体悟，她已经可以带领更多人去走出自己独一无二的路。作为老师，我为她感到骄傲。祝福所有的人都与梅朵一样，活出绽放、独一无二的人生。

张芝华

二〇一七年三月

张芝华，身心美学创始人，全息宇宙催眠创始人，知名留美华人催眠培训导师，敦煌回春舞专业系统课程培训导师。

自 序

让生命的每一次相遇创造奇迹，因为生命本身，它就是奇迹

走进南极，它完全是一场意外——

在我很小的时候，我就对这个世界怀有许多好奇。多年前偶然去西藏的经历，更令我对纯净宁静的地方怀有深情。于是，在六度走入西藏之后，我发现有一个机会，可以前往这个最遥远、神秘的地球净土——南极。虽然，这是我第一次走出国门，可是探索未知，获得更为广阔与深远的发现、成长与蜕变，是我每一次旅程中的共同主题。

这本书的出版，也完全是一场意外——

从南极回来之后，南极带给我的震撼依然令我无比激荡。我将从南极得到的启迪、感悟透过文字与图片记录的方式让其自然流淌，继而在微信公众平台分享给朋友，朋友也因受到某种感染而分享给更多的人……直到有一天，出版社的总编联系到我，问我是否愿意出书，我高兴得无法自已，因为这就是我当年的梦想之一。

如果说，为自己取名"噶玛梅朵"，源自于我对西藏的热爱，那么，从一个打小起就被安排好人生走向的乖乖女，透过十多年对自己深入而充满好奇的探索，去认知世界、感知生命、获得人生的体悟与成长……慢慢地，我在旅途与生活中历炼出勇气、力量、坚韧、乐观与不放弃；一次次地，我从自我设限的高墙壁垒中走了出来，发现了自身不可思议的种种可能……一个按部就班过生活的迷茫的人转变成了一个勇追梦想、具有生命活力与坚定信念的女子。这对我的人生来说，是一个奇迹。

走入南极，天地大美、世界之辽阔再一次打开了我的心，它们令我看到了生命更大的可能。这是一趟关于梦想、关于生命、关于生死、关于勇敢、关于自然法则、关于环保、关于信念与爱的心灵之旅。我也在旅程中重新审视了自己与自己、自己与他人、自己与地球之间的关系。我发现，我们走过的每一段路与所经历过的所有磨难，它们都在引导我们找回真正的自己，发现远超过我们想象的人生的意义，激励我们以更大的信心与希望去活出无所限制的绽放的人生。

　　谨以此书感谢曾经经历过的所有，你们都是我成长路上一路相伴的朋友。感谢一直给予我默默陪伴与支持的父母；感谢所有爱我、支持我与我爱的朋友，尤为感谢张芝华导师、Judith DeLozier 导师、Bertold Ulsamer 导师、李欣频老师、Amei 姐（李丽金）、Amy 姨、闻莹、方阳姐、张舯珲、尹飞、Shirley、刘涛、陈光、茹雷、米雪等良师益友；亦感谢张智毓对我南极之行的支持；感谢姚松乔，她的分享也为本书提供了许多珍贵的资料；感谢云南大学出版社殷永林总编无比耐心与用心的处理书稿。

　　祝愿每一个人都走出自己的路，活出属于自己的丰盛绽放的人生。让梦想引领着我们，成就我们不可思议的奇迹人生。

噶玛梅朵（曹嘉萍）

2017 年 4 月 8 日 于西藏拉萨

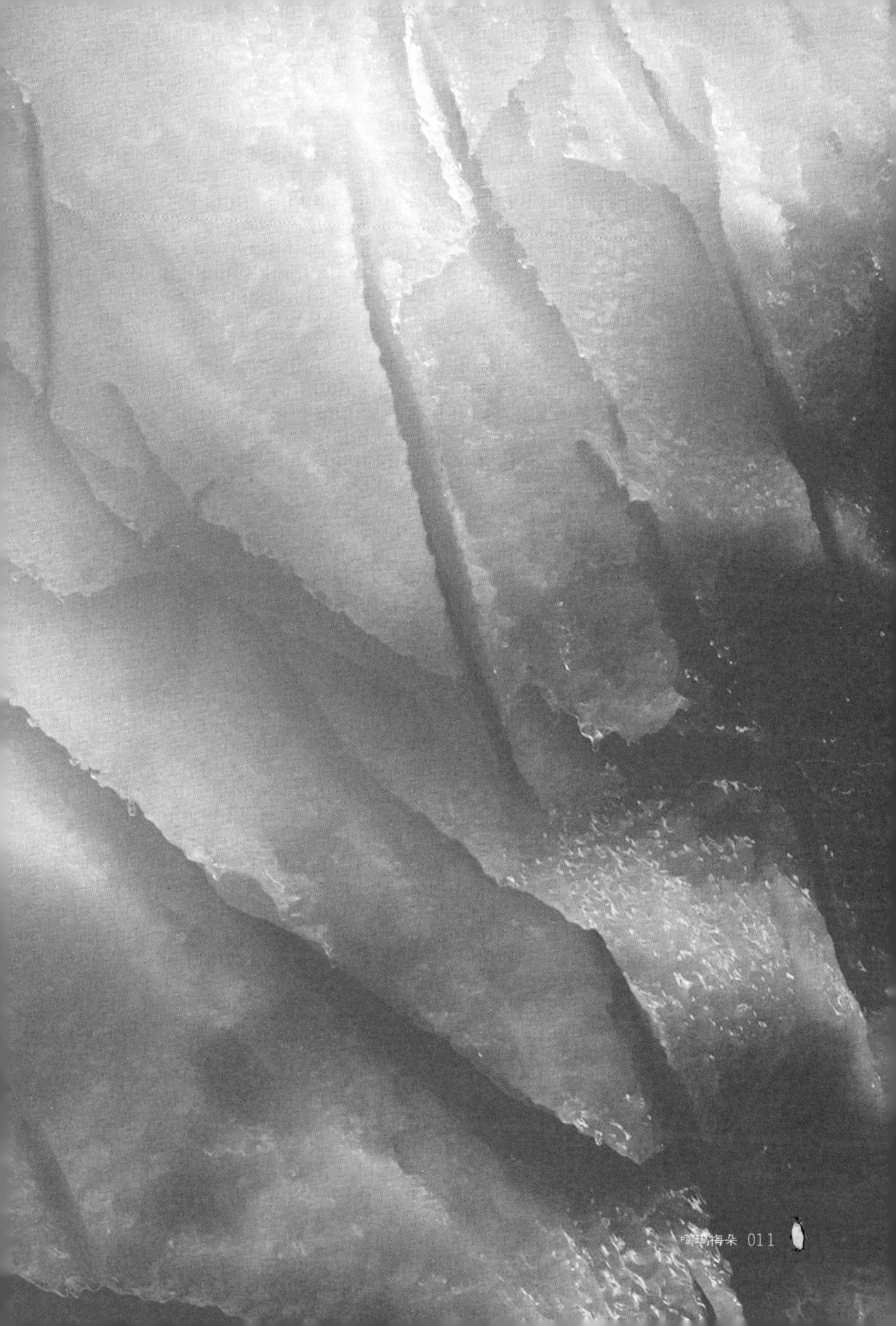

目 录
CONTENT

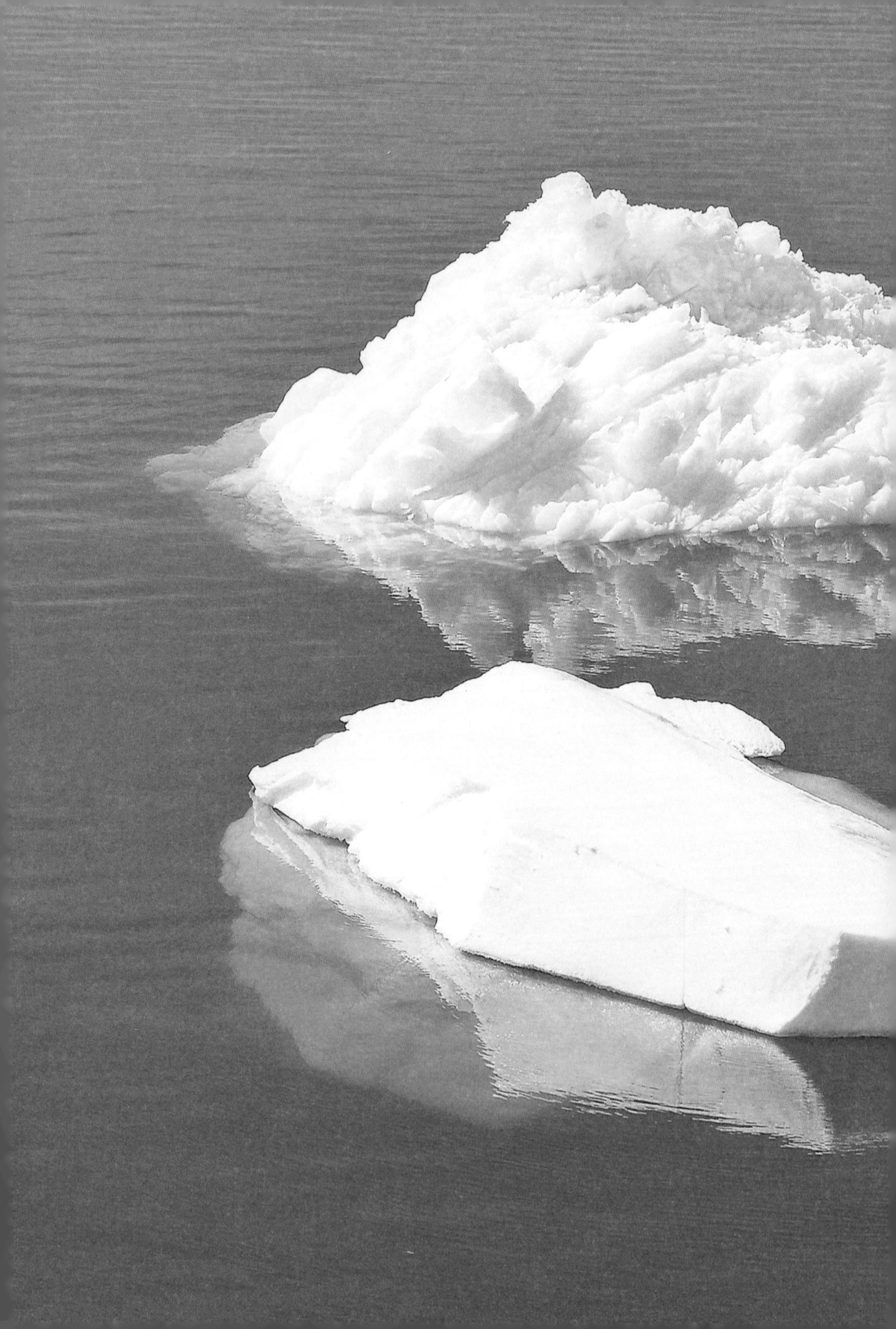

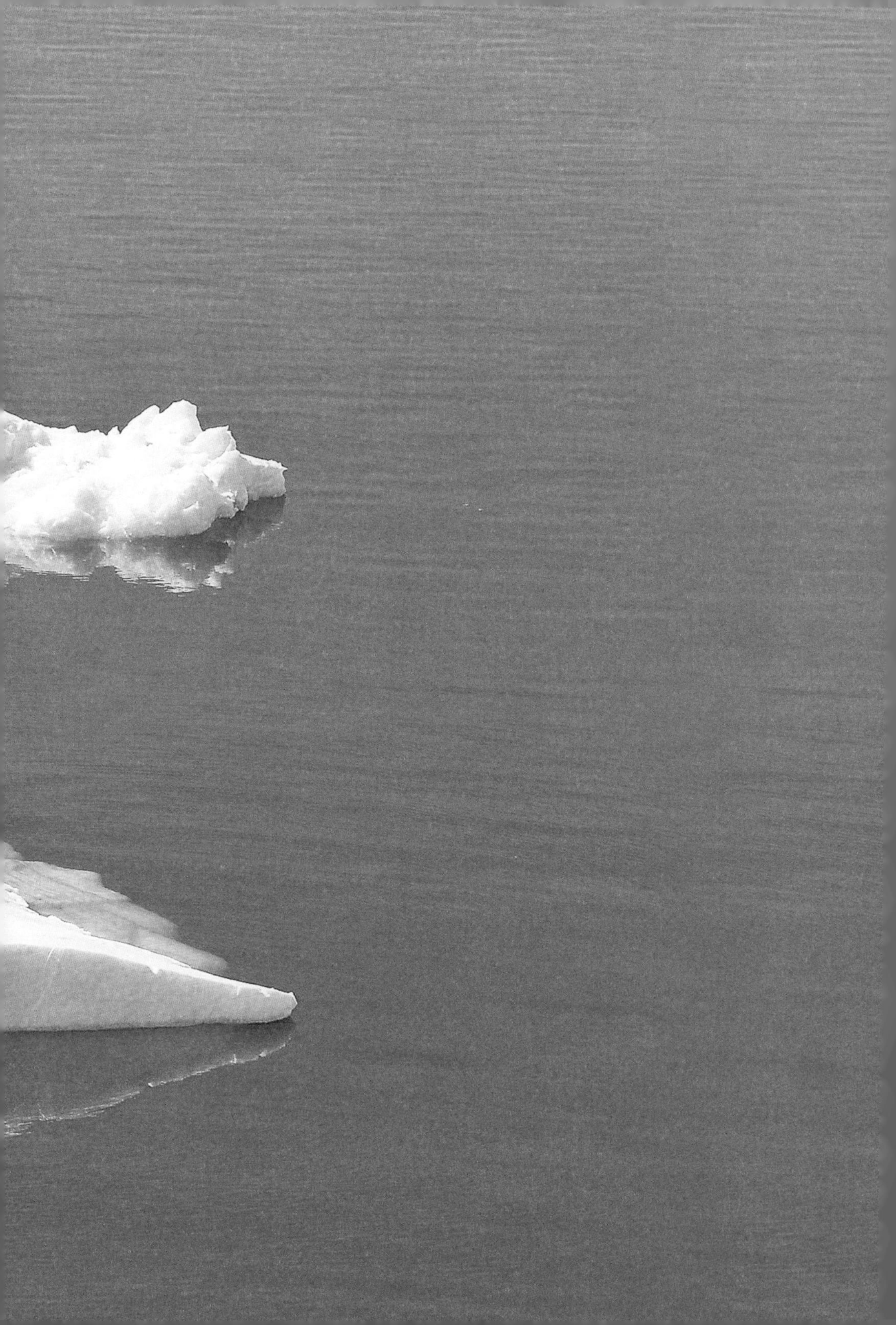

1 极地重生
JIDICHONGSHENG

关于这次远征的一切，我能告诉你什么呢？它比舒舒服服地坐在家里不知要好多少！

——南极探险家斯科特

有些旅行会永远地改变你对地球的看法……

虽然人类对于南极的探索只有短短的一百年，但是在我们星球最后的真正荒原，在充满了各种极致的世界尽头、冰雪世界，它带给我的震撼早已超出我所有的想象与预期。

这里，有很多东西是我不了解的，更是在人类社会中所不曾见过的。动物，在这个极为贫瘠严寒的白色荒原自由存在、勇敢生活。不管是企鹅，还是鲸鱼、海豹，或是海鸟，它们无所畏惧的生命力与适应能力为寒冰环伺的南极带来乐趣与希望。

当我们走入它们的栖息地，拜访它们的家园时，它们与我们人类之间平等、友爱地和谐相处，亦让我体验到——当人类不再是自然的主宰，反而会衍生出一种更为融洽的人与自然的美好关系。反观当今的人类社会，我们是否也可以提升与改变我们的心智和思维，不再局限于自己国家与民族的一亩三分地，而是以全球视野以及对整个星球的谦卑尊重为最高价值观，与自然共同创造、共享丰盛？！

当广阔无边的海天引领我听到自己的心跳声，在南极极度纯净的能量中褪去在现代社会循规蹈矩生活中所塑造起来的重重形象、束缚与伪装，蜕变成真正的归于天、属于地、归属于自然的自己，那时那刻，天、地、海、人完全合一。太美妙了！我接受了地球上最为动人的洗礼。

这是一次极致的旅行，也是一次对原始地球进行最为深刻了解的旅程。体验着超越历史、超越文化、超越语言、超越时空的撼动，它带给我的改变，从世界观到人生观到生死观，不一而足，独特的体验与感知亦潜移默化地净化着我们的身心，直抵通透纯净。

走入世界的尽头，一切才刚刚开始……

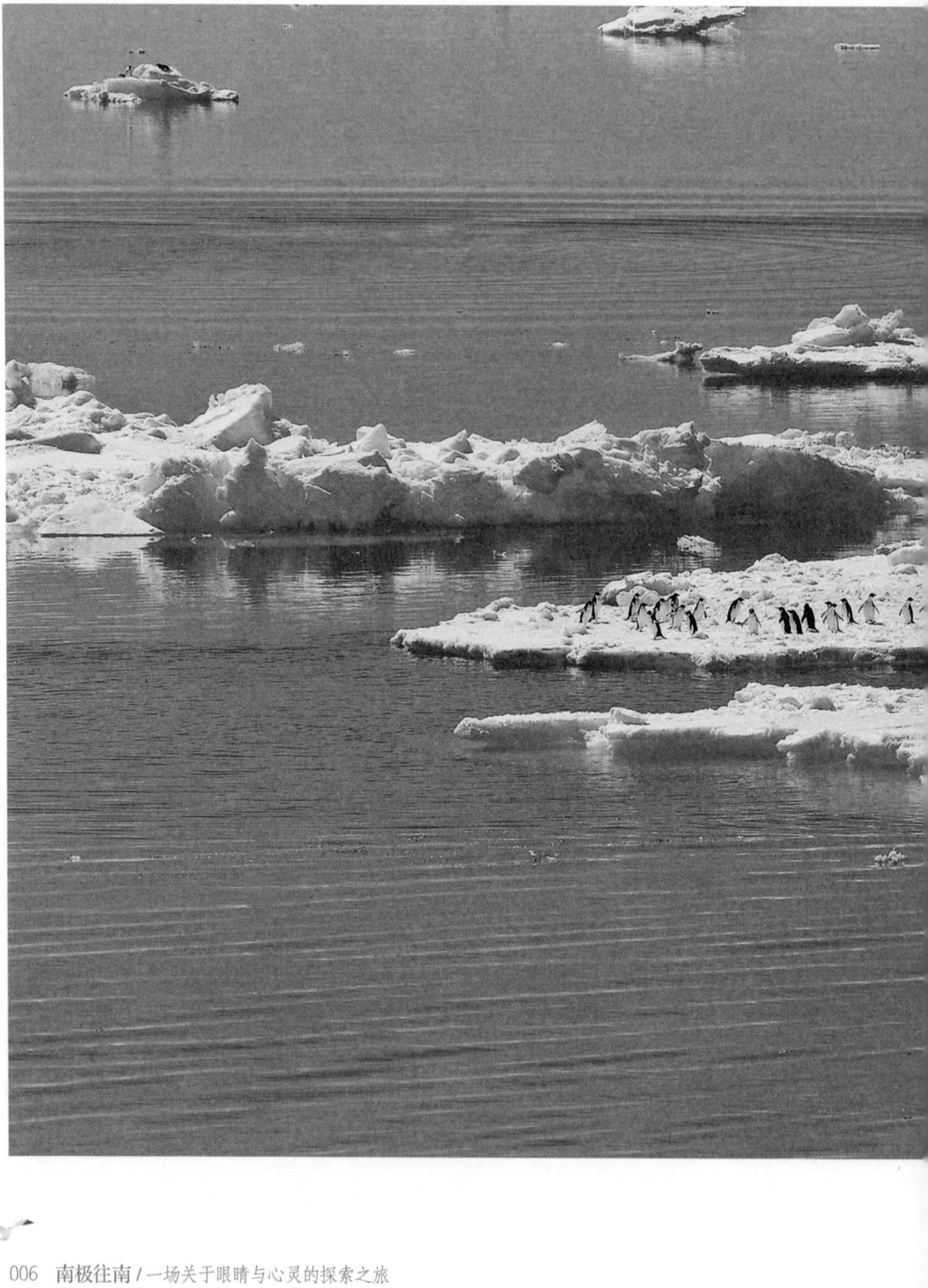

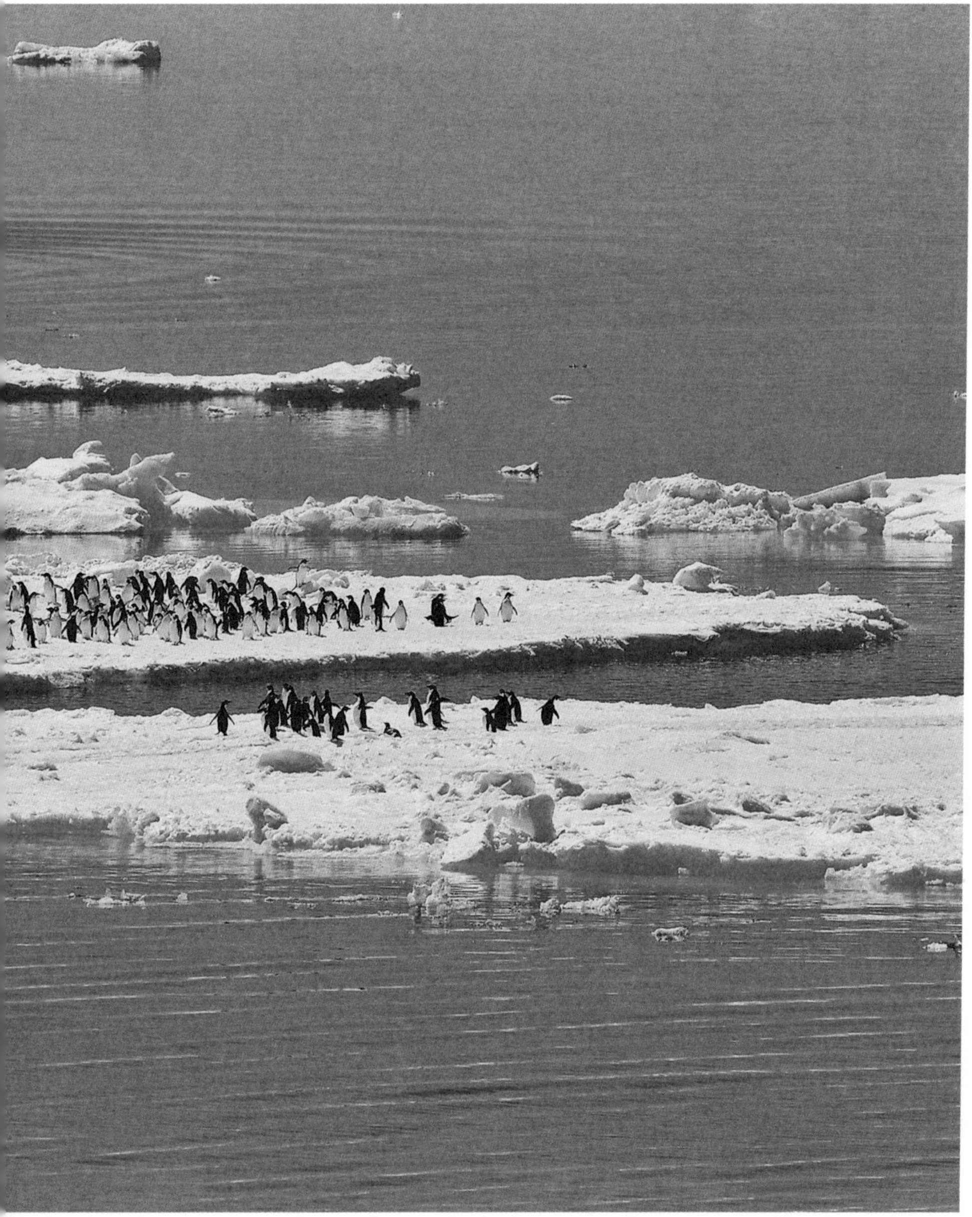

2 向梦想启程

XIANGMENGXIANGQICHENG

最初所拥有的只是梦想，以及毫无根据的自信而已。但是，所有的一切就从这里出发。

——孙正义

　　若要问我，这一生最喜爱的动物是什么，我会毫不犹豫地脱口而出——企鹅。这是我在五六岁孩童时期就深深埋下的种子。原因很简单：它太可爱了。

　　2014年圣诞节，我许愿要在2015年踏上迪拜与阿布扎比两个精彩的城市。当2015年年中，我看到一则旅游地包含有南极、迪拜与阿布扎比，并由我喜爱的李欣频老师带队出行的信息，心中那颗小小的种子刹那间破土而出，长大参天。

　　不过，考虑到旅途安全、签证办理与昂贵的旅行费用，我的心中始终怀有犹豫，也曾动摇，打算放弃，但激情与梦想总会在放弃的那一刻为我代言。因南极之行是我第一次走出国门，自本办理阿根廷签证曾以为是迈不过去的坎儿……可庆幸的是，就在启程前半个月，仿若天使突然降临，

为我打开了最后一道通往南极的大门，梦想与坚持终于走向了行动。

2015年12月12日，圆梦的我奔赴南极。从上海飞香港、飞迪拜、飞圣保罗、飞布宜诺斯艾利斯，最后落地世界最南端的城市——乌斯怀亚，长长的飞行距离几乎穿越了大半个地球。历经30多个小时，我也越来越接近心中那个久远的梦想——那片遗世独立的白色大陆。

其实，去南极并非我们想象的遥不可及，一旦我们拥有信念与梦想，实现它只需要一个决定。

将心中所有的激情与梦想凝聚成一个点，它蕴生出的巨大心灵力量会帮助我们将梦想照进现实。这，就是心想事成的秘密。这一

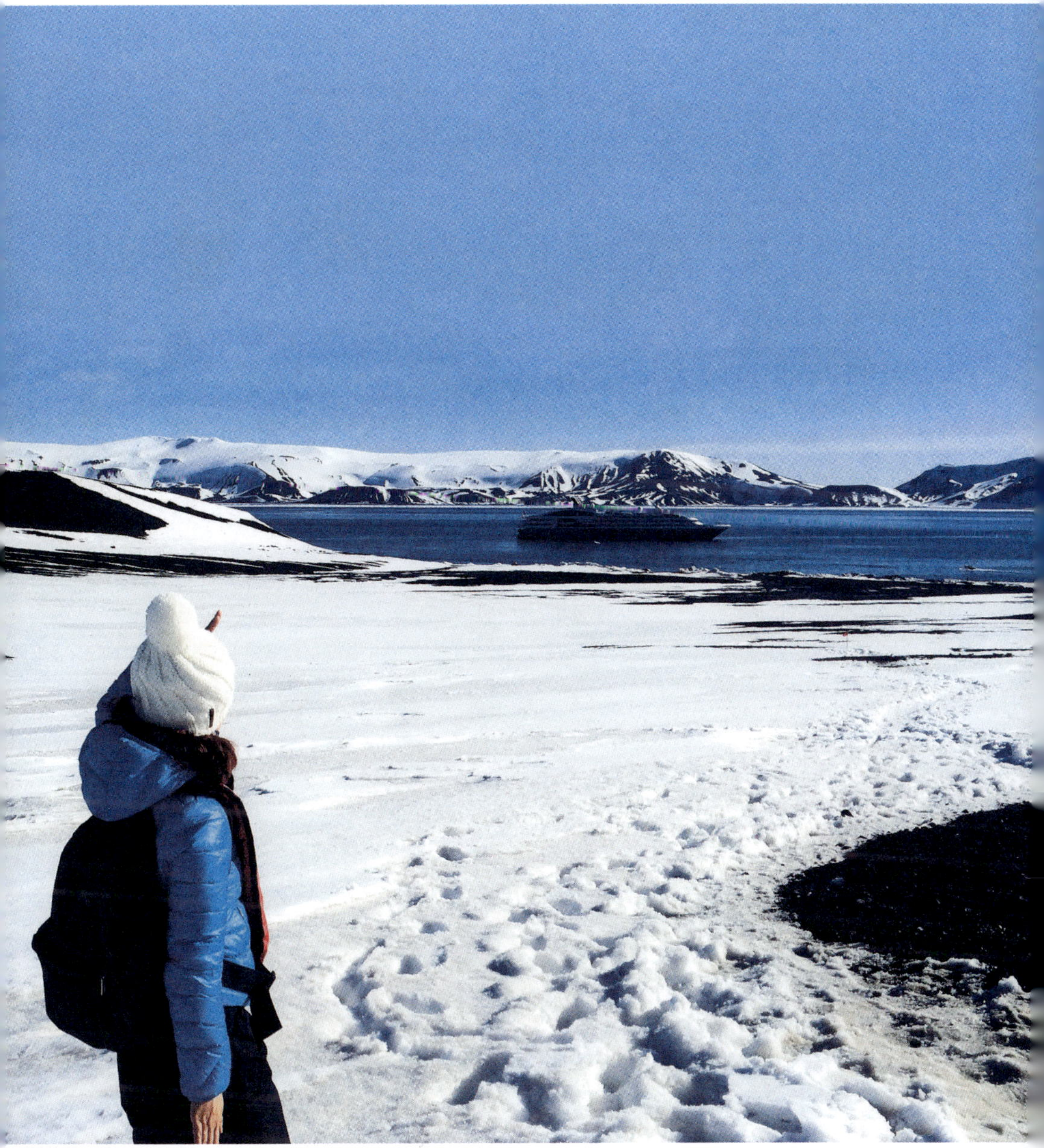

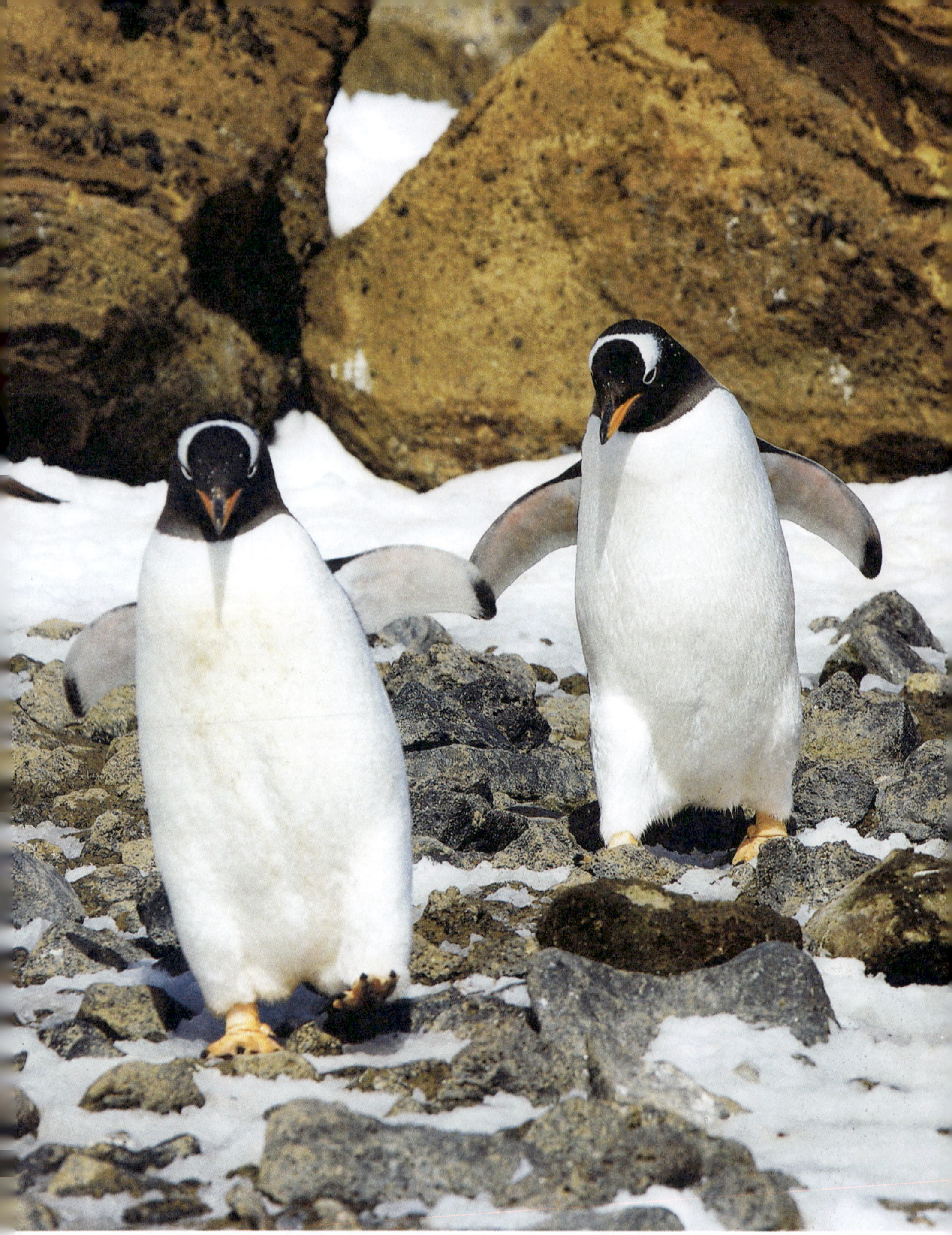

程的经历让我再度坚信，当我们心中真有一个非常想要实现的愿望，不管种子有多微小，只要坚定信念，勇于实践，就一定会梦圆成真。有一句话我非常赞同：梦想还是要有的，万一实现了呢！

放下过往人生的知见，怀自由之心，探索地球亦探索自己

或许对于许多人而言，去南极是一生的梦想，抑或是一次冒险，而我则把它视为对地球与生命的一场探索。早就听闻南极是地球的唯一，它与其他大陆全然不同，是地球上最初始、最纯净的所在。所以，这注定是一场与众不同的旅程……

出发之前，我将自己调频到第一次降临地球的状态，没有框架、没有限制、没有好坏、没有对错，放下过往人生的所有知见，完完全全投入到大自然的怀抱中，带上好奇之眼、怀揣自由之心，尽情地感知南极。未曾料想，这个清空与放下，不仅帮助我穿越了整个身心的藩篱，更让我在走入南极、拓展人生地理版图之外，创建出全方位、立体性的广袤心灵视野。不得不说，这次旅程，为我的生命创造出了更多的可能。

走在勇气之前，人生是体验与冒险的过程

　　揣上你的激情，追寻你最初的梦想……也许，我们会在路上遇见非凡迥异的风景与完全不同的生活方式；也可能，我们会见到那个不曾了解的自己……一切都是未知，生命就是一场冒险！与勇气结伴上路，甚至超越勇气，走在勇气之前，在旅程中尽情地绽放自我。

　　勇于探索的勇士们、热爱大自然的人们，为你的梦想去冒险吧！当你走上了这一程，你就在为你的生命服务！

3

乌斯怀亚，新的出发
WUSIHUAIYA, XINDECHUFA

何为旅行？旅行不是一次出行，也
不只是一次假期，旅行是一次过程，
一次发现，一次自我发现的过程。
真正的旅行让我们直面自我。旅行
不仅让我们看到世界，更让我们看
到自己在其中的位置。究竟，是我
们创造了旅行，还是旅行造就了我
们？生命本身就是一场旅行。生命
将引领你去向何方？

——安哲罗普罗斯

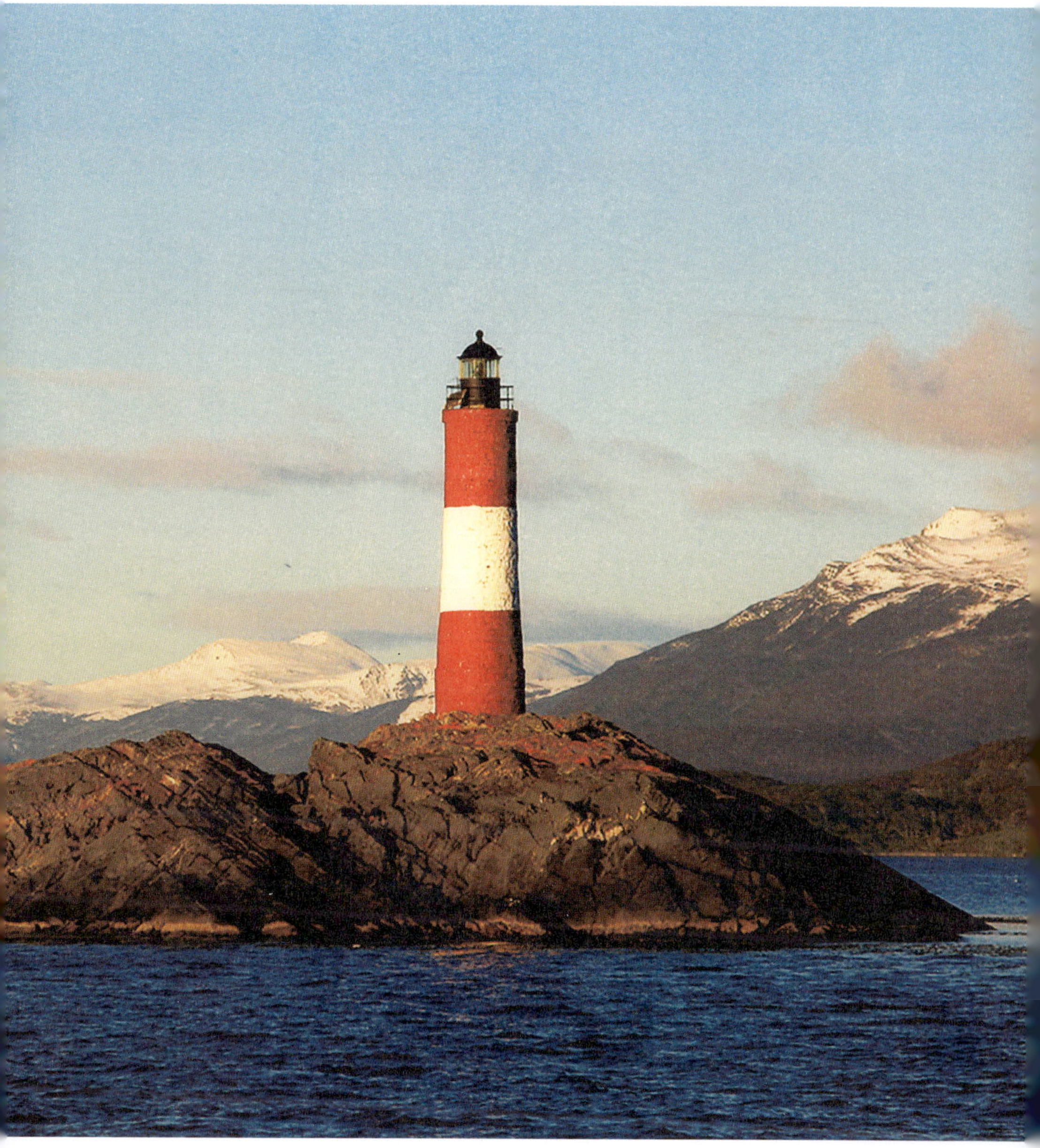

抵达南半球最南端的小镇——乌斯怀亚

从布宜诺斯艾利斯飞行近 4 个小时，阿根廷当地时间 12 月 15 日 9 点 48 分，我们落地乌斯怀亚。当飞机从 18000 米的高空逐渐降落，透过飞机舷窗见到脚下湛蓝色的南大西洋、大大小小的岛屿、绵延洁白的雪山，一种彻底的、没有掺杂任何杂质的安宁与纯净扑面而来，不由得眼中泛起了泪花。据领队介绍，乌斯怀亚在一年 365 天中只有 25 天属于晴天，我们竟遇上如此沁人心脾的好天气，实属非凡的好运气。机上的乘客也在飞机着陆的那一瞬间，齐刷刷地鼓起掌来。

乌斯怀亚小镇是阿根廷泛美高速公路尽头的最后一个哨站，也是南美洲最南端的城市，同时，它也是地球最南端的城市，所以它被世人称为"世界的尽头"，西班牙语叫作"Fin Del Mundo"。从地理位置来看，乌斯怀亚距离阿根廷首都布宜诺斯艾利斯有

3000 多公里，而距离南极洲只有 800 公里，所以它是通往南极的主要门户。每年有 40 多艘轮船从这里启航，有将近 3.5 万人从这里出发，前往南极。

车行驶在乌斯怀亚街头，我速速地领略了这座纯朴自然、色彩缤纷的小镇。镇中的房屋依山面海，每栋房子的造型与色彩别具一格，且统统洋溢着清新梦幻的童话风情。抬眼处，环绕小镇的冰峰白雪皑皑；转身处，开阔的湖面纯蓝静盈。歇一歇脚，听一听当地的歌，啃一啃外焦里嫩的羊排，在火地岛国家公园走上一段，在雪山角与湖泊边聆听风起的声音，再细细凝望这座最南端的小镇与镇中的人们……短短几个小时，我已然爱上了这个从自然与童话中走出来的"世界尽头"。

每一次出发，都是成长与提升自己的绝好契机

不知为何，每每遥望静穆巍峨的雪山冰峰，我的脑海中不禁会联想起

我热爱的西藏，惦念藏地圣洁的珠穆朗玛、冈仁波齐、纳木那尼、南迦巴瓦……与这里的雪山一样，它们同样磅礴奇美、雄浑壮丽。

在西藏，我看到过信徒用自己的身体一寸一寸丈量雪山，听说过他们用一辈子的积蓄供奉雪山。他们信奉万物有灵，他们对大地、对雪山的敬畏是刻进骨子里的信仰。我常常被他们的纯洁心灵与虔诚言行所深深感染，与他们共同领受雪山赋予我们的力量；他们常常透过坚定宁静的眼神，为还在迷茫困惑中的人们诉说，属于他们的归宿与幸福来自何方……

6 年 9 次藏地之行，我从圣地的雪山中走出了一条自我探索与成长的道路。透过探索生命的意义与方向，我从一个不知"为何而活"的乖乖女转变成"为活出梦想"而努力奋斗的创业者，我的整个人生发生了颠覆性

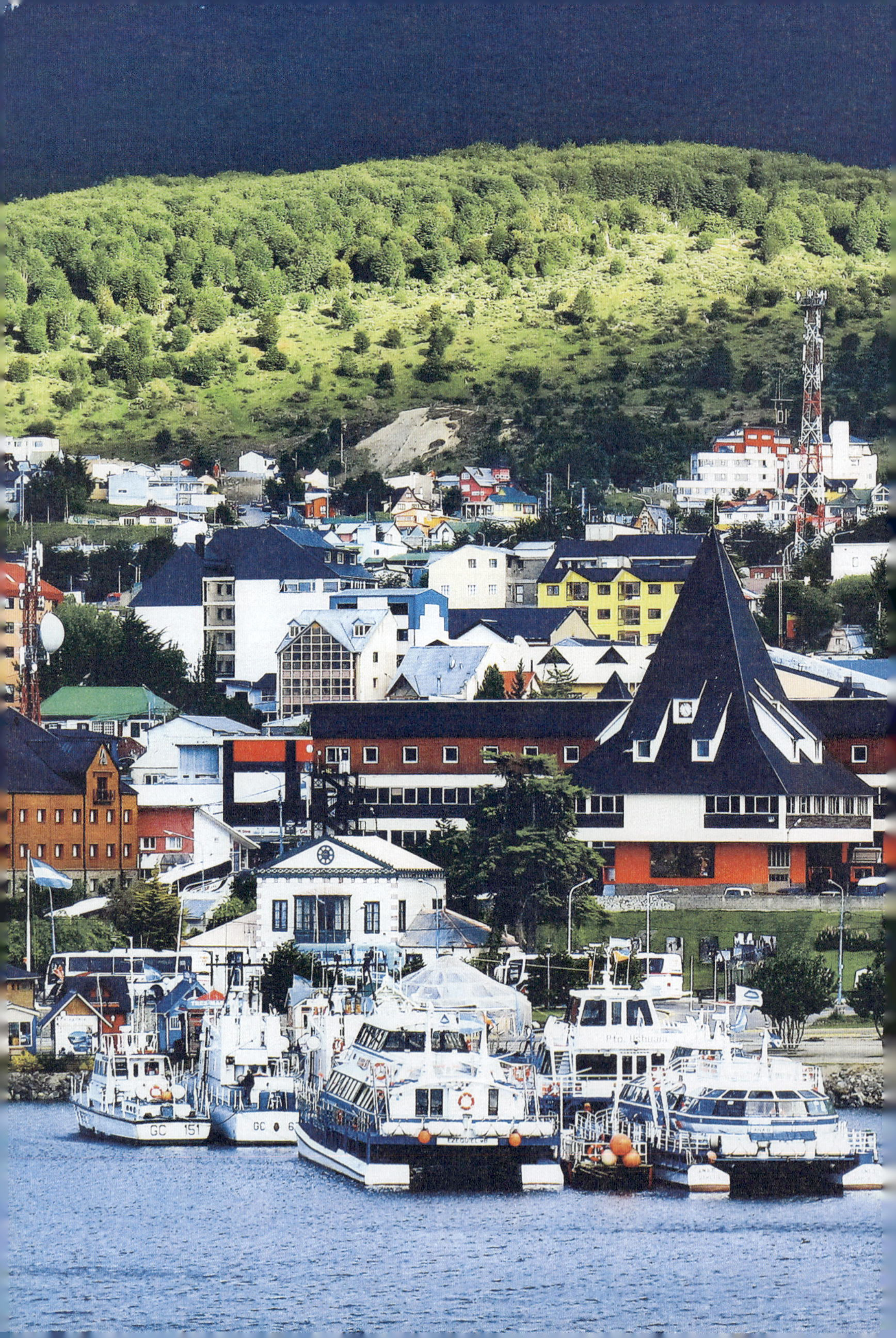
GC 151

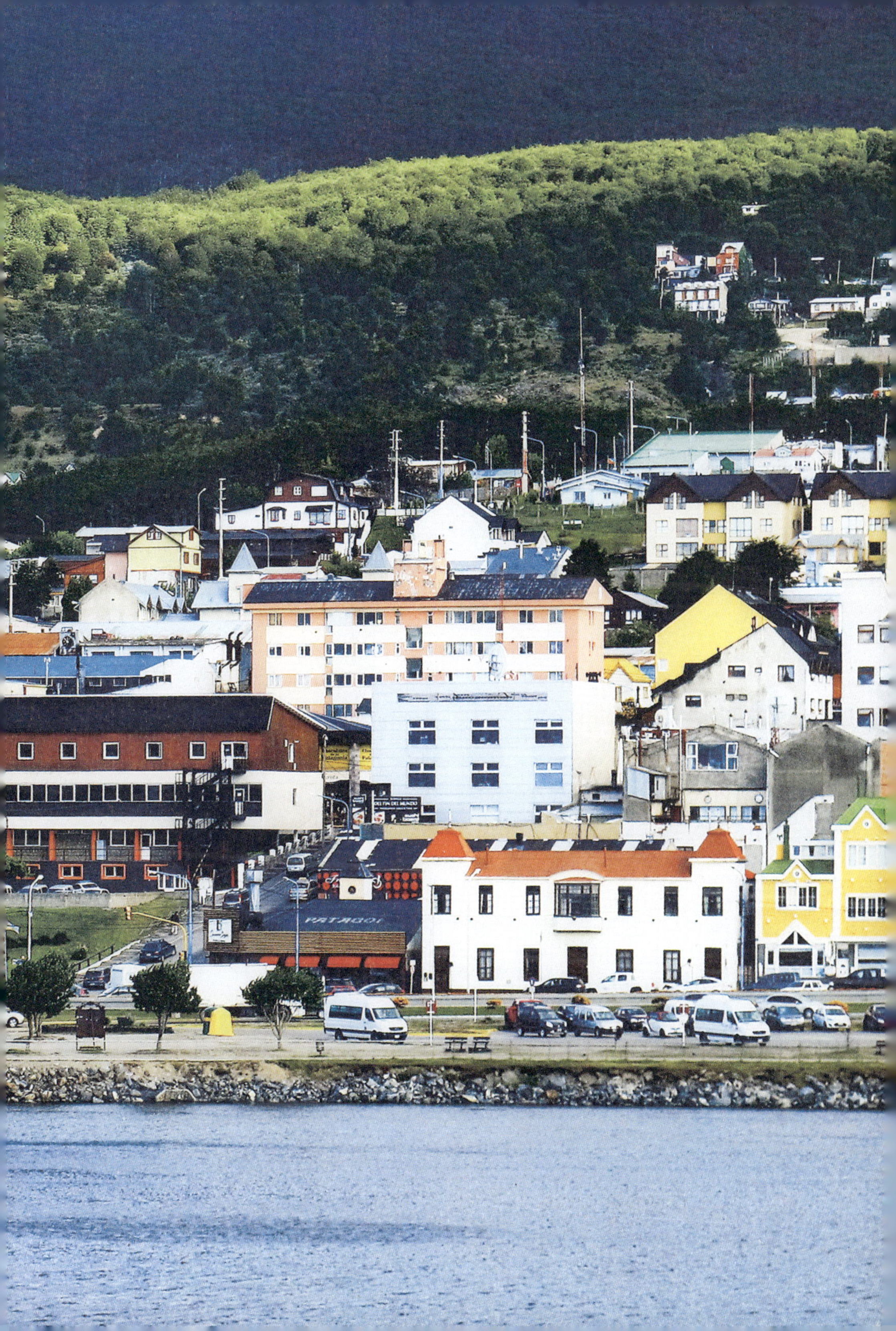

的改变。旅行，它不仅仅只是去异国他乡走一遭，拍了照片，购买了纪念品，勾划掉梦想清单中的一项……旅行，它更是一场探索、提升与超越自我的实现之旅。

只是，从乌斯怀亚出发的这一程，我究竟会经历什么？我不知道，也无法预期。但我相信，每一次出发，都是成长与提升自己的绝好契机。透过旅行中的探索，我们最终旅行了自己，走出一条属于自己的路。

驶离乌斯怀亚，向世界说再见

晚上9点，我们的轮船缓缓地驶离乌斯怀亚港口。现在，正值南半球最温暖的季节——夏季，天依然敞亮着。听说这个时候的南极，我们可以享受长达20个小时的日光。白天白夜？还待我们细细品味。

或许，很多人以为去南极是一场相当艰苦的旅程，那真是一个大大的误解。南极大陆，平均海拔2000多米，

不存在高原反应；轮船上有时时刻刻温暖如春的环境，有 24 小时恒温的热水，更有音乐、歌舞、讲座等丰富的活动，以及制作精良的异国美食，每天的生活就如住在陆地上的酒店一样。更何况，国外的游客几乎都是 60 岁以上成双结对前来的银发夫妇，作为海外"夕阳红"旅行项目的南极，更是他们的享受之旅。

终于启程了！我们已经准备好，踏上去往无国界的远行。来自 21 个国家的 222 位游客，与来自 15 个国家的 155 位工作人员，我们共同向世界说再见。接下来会是一段怎样的旅程，且听我慢慢道来……

4 世界第一极
SHIJIEDIYIJI

当你登一座山、过一条河
的时候，最精彩的部分不
是重复已知，而是发现未知。

——《南极大冒险》

图片来源：百度百科——南极洲

南极与地球上的其他大陆完全不同

从地理上看，南极洲是一块远离其他大陆，同时被大洋包围着的，由山脉和湖泊组成的大陆。它有 98% 的地域被冰雪覆盖，白色荒原终年酷寒，暴风雪频繁，自然环境恶劣。

从 1959 年起，整个南纬 60°以南，包括南极洲与周围海域约 5200 万平方公里的地区受到《南极条约》的保护。世界各国达成共识，不对南极大陆宣称主权，不勘探这里的石油和矿产，不从事任何带有军事性质的活动，只对它进行和平保护。在这里，唯一合法的、有价值的人类活动就是科学考察。所以，南极没有人类的文明与文化，它是地球上最后一片净土。相比较于领土分属八个国家、被多个城市包围，建有军事基地，人类可进行煤炭、石油等矿藏开采的世界第二极——北极，未被开发的南极更是保有了地球上无可比拟的最原始、最本真与最纯净的面貌。

南极仅有冬季和夏季两个季节，每年的 4 月至 10 月为冬季，11 月至次年的 3 月为夏季。每年的夏季，南极半岛的平均温度在 2°C 左右，与人类适应的冬季温度相仿。也只有在这个时候，南极的大门才会向游客敞开。

南极对于地球来说非常重要，它是全球所有海洋的源头，也是全球最大的淡水储备地。不仅如此，南极对于全球气候的影响也非常深远，它是全球气候的调节器，更是人类气候历史的记忆库。在南极，冰层的形成跟年轮一样，记载了这里的历史与气候，挖一个一厘米的冰柱，你就可以瞬间穿越几千万年，了解到人类气候的变化过程，这是在地球上的其他地方所无法做到的。

人类对于地球的探索从未停止

人类对于南极大陆的探索在一百多年前才刚刚开始。1911 年 12 月 14 日，挪威极地探险家阿蒙森险胜英国

图片来源：《深海挑战》电影剧照

极地探险家斯科特，成为人类史上登上南极点的第一人。在之后将近50年的时间里，没有人能再完成这段旅程。

纵观人类对地球的探索，从来就没有止步……除了最为酷寒冰冻的南极，曾带给我深深鼓舞的又一个壮举来自于对深海的探索。2012年3月26日，好莱坞著名导演詹姆斯·卡梅隆驾驶他的单人深潜器"深海挑战者"号成功下潜至地球海洋的最深处——马里亚纳海沟底部深约10898米的地方，他成了抵达世界海洋深度极限的第一人。

狮子座的卡梅隆是一位集梦想与实干为一身的行动派。身为导演的他，不仅创造了影片《泰坦尼克号》与《阿凡达》的史诗，他还将自己的生命奉献给了深海探索，那是他打9岁起就深感好奇的梦想与渴望。正如他自己所言："若活在恐惧中，从不追求梦想，那样的妥协更严重。"58岁的卡梅隆将希望、梦想与意志力投入到彻底的执行中，十几次的下潜测试，每一次都是搏命，在两位团队伙伴遭遇机毁人亡的时刻，他依然坚持尽最大的努力，做最坏的打算……梦想不曾止步，便在挑战中成就。

我发现，所有的探险家都有一个共同点：他们勇敢、无畏、充满激情，他们为了自己的热爱、自己在乎的东西，敢于超越生死，冒再大的风险也在所不惜。无论是探索南极、海洋抑或是探索月球、火星、宇宙，不管是什么样的探索，它们都是人类拓展对世界的认知，丰富自我世界的道路。探索，从来就没有完成的那一天。

天气与海冰，令南极之行充满变数

在船上，我们每一天的行程与登陆、巡游计划，都是由探险队长与船长一起根据当天的天气以及海面冰层状况共同决定的。每次的登陆说明会，探险队长 Jose 会一再强调每个计划的登陆都有可能因为突如其来的天气变化而不得不取消或者存在变更地点的可能性。由于南极的气象变化非常丰富而剧烈，每天、每个时刻都有不同的海象、信风，所以很多事情无法完全依照事前计划好的来进行。在如此这般日日次次的熏陶之下，充斥着各种变数与未知的南极之行，蒙上了一层神秘与探险的色彩。

图片来源：法国庞洛邮轮南冠号船上手绘地图

5
初见企鹅
CHUJIANQIE

传说，企鹅以前是会飞的，可是有只母企鹅因为翅膀短小飞不起来。后来，气候巨变，别的企鹅飞走了，只有一只公企鹅决定留下来陪她。为了找吃的，他们学习了游泳。经过无数次努力，他们终于学会了在海中觅食。多年后，他们坐在海边，她说："对不起，为了我，你放弃了天空。"他说："没关系，有了你，我才收获了海洋。"

遇见马尔维纳斯群岛（福克兰群岛）

历经一天一夜的海上航行，12月17日，晨曦微露时，我们再一次见到了陆地。岛屿上覆盖着大片绿色植被，在寒风中倍显葱郁。遥望间，竟然发现岛上还矗立着数座英式风格的建筑，着实令我们非常诧异，原来这是一座有人居住的岛屿。

这里是福克兰群岛，但南美人一般称它为马尔维纳斯群岛。作为南美洲与南极之间的海上战略点，历史上，英国与阿根廷一直对该岛屿有主权纷争。1982年，马岛战争爆发，阿根廷战败撤军，英国再一次拥有群岛的主权，福克兰群岛成为英国的海外领土。

登陆新岛，首见跳岩企鹅

位于福克兰群岛最西端的新岛是一个自然保护区，为私人所有，由两家人各自拥有一半的土地。岛上栖息着数量众多的跳岩企鹅、黑眉信天翁、蓝眼鸬鹚，以及其他一些海鸟。

第一次登陆，大伙儿都显得特别兴奋，拍照的、录影的，热火朝天。探险队员再次告诫大家，遵循红色小旗标示的路线行进，与企鹅保持5米距离，且务必避开企鹅"高速公路"，保护极地动物的生态环境。

登上新岛，我们仿佛走入了乡村田园。一路上，草场中跑出了各种动物，野兔、黄鸭……前行约一公里，在一座构造奇特的海岸悬崖边，我们见到了数千只企鹅、蓝眼鸬鹚与黑眉信天翁，这里是它们的领地。

漫山遍野的跳岩企鹅，仿佛一幅大自然生动而真实的画卷毫无遮掩地展现在我们面前，我们感觉相当新奇，更被原生态的画面所深深吸引。

跳岩企鹅是各种企鹅中的攀跃能手。它们身体娇小，身形灵活，但脾气暴躁。最为瞩目的，要数它们眼睛上方与耳朵两侧金黄色的"流苏"，呈现出一副怒发冲冠的"凶狠"模样。

这个季节，是跳岩企鹅的繁殖期。许多正在孵化的企鹅父母往往占据一方岩壁间的洞穴筑巢。在孵化蛋或幼崽时它们一动不动，非常小心。在它们的世界里，妈妈负责产蛋，爸爸负责孵蛋，小宝贝约在35天后破壳，出生后则由父母共同抚养。当然，与其他种类的企鹅一样，它们也是"爱情专一"的模范夫妻，实行"一夫一妻"制，只要选定了伴侣，就不会再分开。

绝大部分企鹅对我们的到来完全无视，也不怕人。瞅瞅我们，再悠然自得地从我们身旁走过，于岩石间跳上跃下，那个憨态可掬、萌萌哒的样子，实在令人忍俊不禁。

蓝眼鸬鹚与黑眉信天翁也有自己的一方地盘，忙于繁殖自己的后代。

它们与企鹅混居在一起，和平相处，共分天下。眼瞅着这群生机勃勃的动物快乐自在的生活，我意识到：在这里，坐山临海的王，是它们。

6 探秘企鹅家园

TANMIQIEJIAYUAN

我们才是这里的主人，而你们
即使站在这片土地上，也只是
尊贵的访客。

——《帝企鹅日记》

12月17日下午，我们登上了福克兰群岛东北角，一个叫作"坟湾"的地方。从午时起，海上刮起疾风，风高浪急，让我们微微见识了气象的变化无常。还好登陆未受影响。

行走在岛上，夏日暖阳之下，风声呜呜，绿草狂舞。踏上一片高地，看到远处的一湾海水波浪荡漾，我的心情也随波涤荡开来……

温暖有爱的企鹅家园

年均温度在5摄氏度的福克兰群岛是极地动物们的天堂。企鹅家族的另一个族群——金图企鹅也在岛屿上逍遥自在地生活。金图企鹅长相特别，眼睛上方有一块明显的白斑，嘴巴细长，嘴角呈红色，非常容易辨认。

它们密密麻麻地群居在一处山坡上，见着我们，一只心生好奇的小家伙径直跑上前来，东张西望。一些激情满满的企鹅，摇晃着肥圆的屁股跑来窜去，它们时而仰天鸣叫，时而低声吟唱，憨态萌趣，十分可爱。

还有更多的金图企鹅驻守在低坡上筑巢，养育幼崽。由于从外表上无法分辨企鹅是雄性还是雌性，企鹅父母又是轮流孵化宝贝，我们就姑且把正在孵化、养育小宝宝的叫作妈妈，筑巢的称为爸爸。

企鹅肚子底下有一个凹槽，企鹅妈妈会将两脚并排站立，将蛋或幼崽轻轻地拨到两只脚的脚背上，稳当之后，再将自己厚实的肚皮盖上。这是一群如此温柔的母亲，时而，它们弯下身子将爸爸捡来的小石子往家里的小窝挪挪；时而，它们低下脑袋，亲吻刚出生的宝贝，与它们轻声细语；还有时，它们会将"藏"在胃里的食物轻轻喂给幼崽。温馨的画面流淌着父母对孩子满满的爱。而爸爸则辛劳地来回奔波，用嘴巴拾起地上的石子或草叶，放进自家家里，一次一块，一块垒在另一块上，慢慢地将温暖的小家筑造起来。

　　我看到，有的企鹅家园已具相当规模，由石子垒起三四十厘米的环形，搭建起安全温暖的港湾庇护着家中可爱而脆弱的生灵。我们真的很难想象，这要用多久的时间，才能将一块块的小石子垒成这方天地。不过，我们也火眼金睛地看到，捡石子的企鹅爸爸常会跑进别人家里捡，若他家主人没有发现，就一而再再而三地往回搬；若发现了、被抗议了，哎，只能作罢，另谋出路。再观察一阵子，我们发现，原来在群居企鹅的天地中，捡别人家石子的情形太常见。或许，这就是企鹅筑巢的潜规则：你捡我的，我捡你的。

　　不难看出，企鹅夫妇用心养家，分工协作、井井有条，彼此的夫妻关系独立而和谐，满是爱意。很多时候，我总会想，充斥着各种纷争矛盾的人类夫妻，是否也可以向企鹅借鉴，学一学它们的独立，学一学它们的专一、它们的分工协作、它们无条件的爱的付出，以及它们的自在生活。

帅气灵巧的企鹅"龙门"

从企鹅繁殖地走到美丽的峡湾边，企鹅大脚们也一只紧跟着一只，蔓延出长长的、连绵不断、黑白相间的"企鹅大道"。这是企鹅们依照它们固有的行走线路，前往它们要去的地方。根据南极探访规定，我们需要等企鹅先行走过，才能通行。但是人们在企鹅家园里穿来走去，也免不了给它们带来些许困扰。不少小家伙神色慌张，停在原地不知所措；还有的，拼命地跑到队伍前方；更有一些，紧张地扭过头看一看，又匆匆跑了回去。

峡湾边，海水碧绿，是个好风好水的好地方。准备入海的、冲浪的、刚上岸的金图企鹅们，玩得甚欢。看上去摇摇摆摆、笨拙得好像随时可能跌倒的企鹅在水里又是另一番机灵样，还在你诧异之间连续做几个"鲤

"鱼跃龙门"动作，可谓响当当的冲浪大师。

金图企鹅是企鹅家族中的游泳健将，在游泳时的速度可以达到每小时 36 公里。上岸后，它们甩甩圆鼓鼓的肚子、摆摆美丽的燕尾，继续目中无人地走来走去，简直帅呆了！这不，又来了两只麦哲伦企鹅，用企鹅们的通用语言聊个天，加入庞大的金图企鹅群，这，就是属于它们的朋友圈。

站在更高的生态循环系统看企鹅

回到船上，探险队员与我们分享了刚才发生的一幕。峡湾边，一位游客着急地驱赶贼鸥，那只贼鸥的嘴里正叼着一只新鲜的企鹅蛋，他可不愿那么可爱的动物还未出生就被吃掉。接着，探险队员问我们：对于这件事，你们怎么看？

我们陷入了沉思……他继续说道：我前去阻止，这位游客的做法是不对的。贼鸥吃企鹅蛋，企鹅吃磷虾，海豹及鲸鱼吃企鹅，这些都属于自然的一部分。有生就有死，贼鸥也有自己的孩子需要养育，我们需要尊重自然本身的规律，我们需要站在更高的生态循环系统去看贼鸥与企鹅之间的关系。

是啊，一直以来，人类都把自己当成了自然的主人。这就是为什么人类对自然会失去尊重与敬畏之心，干扰动物的环环相食，介入到自然的循环法则之中的原因。而事实上，正如一位印第安酋长所言：地球是万物之母，无论什么降临在地球身上，也将同样降临于地球的孩子身上。我们应知，不是地球属于人类，而是人类属于地球。人类并不是自然的主人，我们也是自然生态循环系统中的一部

分，我们需要尊重大自然的运行规律，尊重与平等地看待其他生命的存在，而不是去俯视其他生命的循环。尊重自己，也尊重其他生命，这才是人与自然建立和谐关系的基础。事实上，自然界中无不隐藏着神奇而巧妙的关联，我们只有站在更为广阔的视野之上，才会了解和知晓其中的相生相克，以及各种生物之间精妙的循环关系，领悟到整个星球平衡的智慧。

7

我们都是信天翁
WOMENDOUSHIXINTIANWENG

真正的发现之旅，不在于找寻新的天
地，而在于拥有新的眼光。

——普鲁斯特

迎风展翅的信天翁，在大洋上空自由驰骋

12月18日，我们的船在一望无际的大洋上航行。

一早，走上位于船尾的六层甲板，看着老人相拥的背影，我思绪飘浮。

深邃的洋，蔚蓝的天，柔和的风，成群的海鸟展翅翱翔。领队告诉我，这些海鸟喜食被驶过的船只带到洋面上的鱼类、磷虾等生物，所以它们会与船一路相随。

最令我讶异的，莫过于这个叫作信天翁的家伙。飞行时，它左倾右倾身影矫健，却看不出翅膀有任何扇动。当它从我头顶掠过，我甚至感觉不到它所做的一丝努力，仅是轻舒翼翅，它就已经可以在辽阔的天空与洋面上无限飞行。

答案在一次讲座中被揭晓。信天翁作为海洋上最大的翼鸟，它有着狭长的翅膀，展开时长度可以达

到两米以上。借助于独特的翅膀与身体构造，信天翁是利用气流滑翔的高手。它们所拥有的高超的驾驭空气的能力，能应付各种各样的气流变化、逆风飘举、顺风滑翔。在有风的天气条件下，它们可以在三天内不用扇动翅膀，甚至在睡觉的情形下连续飞行。

我们都是信天翁，顺应趋势，无为而治

我呆呆地凝望着这些家伙，它们的飞行有如一张薄薄的纸片毫不费力地滑上跃下，姿态极其自在洒脱。它们迎风展翅，驰骋于海天的状态像极了我们所说的一个词：无为。它们没有刻意要做什么，而只是顺着风、顺应着空气的流动、顺遂着外在环境的变化，通过调整自身平衡抵达它们想去的地方。

不得不说，信天翁为我们提供了一个非常好的学习机遇！海洋上变幻莫测的气流就好似我们身处一个变动不定的环境与时代，我们可否学习运用信天翁飞行的方式，创造把握外在环境的机会？我们可否学习运用无为的智慧，不再做任何刻意的努力，在毫不费力的情形下跟随自然律动，活得自如自在？我们可否学会信任，轻松自由地依天性、天赋、天命而行，并允许自己去创造美妙与奇迹？信天翁就是我们学习顺应环境与系统，自在地无为而治，依天性而活得极好的榜样。

在浩瀚无边的大洋上，我们听风吟，观鸟飞，思索人生，探索世界与自身更多的可能。

8 生死觉醒
SHENGSIJUEXING

接近死亡，可以带来真正的觉醒和生命观的改变。

——索甲仁波切《西藏生死书》

爱它的动物的尸骨毫无遮掩、活生生地出现在你的眼前的经历。

死亡与新生相伴而行，生命就这样周而复始地循环往复

福图那湾是王企鹅与海豹的栖息地。这个时节正值企鹅宝宝的孵化哺育期，成千上万只棕色"猕猴桃"正在被孵化与养育，整个岛上生机盎然。在离王企鹅"育儿园"不足一百米的地方，我见到了极其震撼的一幕：一只成年的王企鹅站在溪流之中，一动不动，身上血迹斑斑，还失去了一只臂膀，嘴尖与颈部原有的金黄色已然褪去，但它还没有完全死亡，尚存有一丝气息。这是我第一次看到它，我久久凝视，极度震惊。从"育儿园"返回时，再度见它，仅隔一个多小时，它的身体更加虚弱，生命正在消亡。

这一幕，于我而言，太过于惊人。峡湾边企鹅的尸骨，今日企

繁衍与死亡，它们都是生命存在的方式

海水澄碧的峡湾边，上百只机灵俏皮的"大脚"跌跌撞撞跑来走去；刚从海里冲浪归来的企鹅，甩甩湿漉漉的身子，匆匆"扭"进它的朋友圈。可就在不远处，一副清晰可辨的企鹅尸骨静静地躺着。

在过往的人生里，我从来没有亲眼见过死去的，甚至是濒临死亡的野生动物，更没有过一种你忍不住想要

鹅逐渐死去的画面，让我如此真实地感受到死亡原来离我如此之近。曾经在书本上、电视中、概念里看到、听到的"死亡"二字，现在变成了一个活生生的、与我有着关联的场景。死亡，它就在我眼前上演，在我最喜爱的企鹅身上发生着。我已经无法再忽视，无法再逃离，无法再认为死亡与我是互不相干的。此时，我有一些伤感……我想象着它所经历的一生，从出生到现在可能发生了一些什么。当死亡来敲门的这一刻，它的从容与平静却令我感受到一种别样的美。回想起之前我与周围的人在面对死亡时的痛哭流涕、恐惧害怕、排斥拒绝、忽视逃离，它的死反而引领我看到死亡

死，在原生态的南极，在世界上的每一天都有着大量的生命正在经历生生死死。生与死是大自然最为寻常的现象，也是最为完美的自然循环。

此刻，我也终于领悟到，在我们努力追寻自由的最深处，饱含着对死亡的深深恐惧与拒绝。而诡异的却是，人最大的自由，正是坦然地接受死亡的不期而至。

好好地过好每一天，好好地过好每一个当下，因为我们不知道什么时候会死，所以珍惜活着、珍惜现在，去寻找生命中的快乐，让活着创造更多的可能与希望。的确，我们也根本没有什么需要担心与烦恼的，过好了当下，也就过好了这一生。将明天当做末日，看看如何将今天过成最好的一天？！

不知死，焉知生。这只企鹅完全颠覆了我对生死与生命的定义，它让我活得更加勇敢与自由。这一刻，成了我人生的重大转折点。

的本质。死亡并不可怕，死亡是可以接受的，死亡可以是一个平静与安宁的过程。感知到这些，我反而可以进一步走近它，走近企鹅，也走近死亡。

抬起头，我见到了一幅更大的画面：一边是成千上万个生命的传承与繁衍，一边是即将濒临的死亡。生与死，就在这么短的距离，就在同一幅画面里，却没有任何的违和，自然而平静。是的，在大自然中，生与死是太正常不过的事情，它就是生命的全貌。企鹅会死，海豹会死，鲸鱼会

9 邂逅王企鹅
XIEHOUWANGQIE

一旦我们洗耳恭听大地，便能听到地球浅唱低吟的天籁之声。

——英·甘地

南极之行的守护天使——探险队员

在我们的整个南极行程中，有一批队员我不得不提。这是由 12 位来自世界各地的专业人士共同组成的探险队。这些探险队员他们自身就是气候学家、生物学家、海洋动物学家、野外探险家等多个领域的专家。源自于对南极深入骨髓的热爱与激情，他们选择了这份职业。在船上，他们开设各种专题讲座，为我们讲授南极的历史、气候、生态、探险家的故事，让我们更多地了解南极。

探险队的工作可不轻松。每次登陆之前，探险队员至少提早一个多小时率先抵达登陆点，进行路线探查，在确保安全的地方插上红旗标识，引导游客沿着这些路标安全行进。登陆岛屿期间，探险队员会驾驶橡皮艇将船上的游客分批带到登陆地。引领与保障每一个游客安全游览，并确保游客悉数返回，是他们最为重要的职责。每一次我们在南极的登陆与徒步都离不开他们专业细致的组织与陪伴，他们是我们完美旅途中最为辛劳的守护天使。

福图那湾，邂逅海豹与王企鹅

从福克兰群岛往东南方向航行了两天半，12 月 20 日清晨 7 时，我们抵达了南乔治亚岛——福图那湾。这里是著名极地探险家沙克尔顿当年翻越南乔治亚岛的第一站。我没有选择沿沙克尔顿的足迹徒步 6 公里的路线，而选择了去拜访海豹与 4000 只王企鹅的家园。

南乔治亚岛位于南极的北部边缘，长约 160 公里，这里常年无冰，气候适宜，是所有"海滩情侣"青睐的繁衍之地。

此刻，海滩上到处躺满了圆滚滚的毛皮海豹，空气中亦弥漫着微腥的气味。一上岸，我们就被众多才出生一周的海豹宝宝吸引住了。它们不是呼呼大睡，就是爬来爬去，或用无辜的、水汪汪的眼睛看着你，还有一些海豹宝宝腻在妈妈身旁撒娇、吃奶，更有一些拧在一起嬉戏玩耍。人们的爱意也开始弥漫、泛滥，在频频发出"可爱"声的游客之中，更有争当"海豹妈咪"的爱心人士。

海岸边，一列王企鹅气宇轩昂、从容自若地从海豹群中尊贵走来，看到我们这群身着厚重红外套的来客，它们停下了脚步，扭过头好奇地瞅了两眼，再继续悠然而过。

本来，南极企鹅就是不怕人的，这是源于在近100年里并没有人类大

规模杀戮企鹅的历史，所以在企鹅世代相传的基因里对人类这个生物未曾有威胁与恐惧的记忆。

我们还发现了一个有意思的情形，满地的王企鹅竟然是与它们的"天敌"海豹群居在一起，难道企鹅们就不怕海豹翻个身就把它们当成美餐了么？或许，这只是人类才有的担忧！看着企鹅们一只只泰然自若、悠然自得地走过海豹的身边，没有一丝一毫对可能被当成食物的担惊受怕。，必须得说，，自在地活在每一个当下，而不是活在对未来可能遭遇危机的恐惧

里，这是人类要向动物学习的功课之
一——坦然拥抱每一个无常的发生。

当一位游客一不小心进入毛皮海
豹繁殖的领地，一只海豹撒开膀子狠狠
地扑腾过来。这劲头、这架势吓到了就
在一旁的我，忙不迭拍手驱赶。拍手，
这是探险队员特别强调的：遇到海豹向
我们发起攻击，用击掌的方式驱逐它。
因为海豹不喜欢人类的击掌声。

走在绿意盎然的山谷间，溪流
下的草甸子就是海豹与王企鹅最为
惬意与温暖的家园。走上旅途之前，
我想象所有的企鹅都该生活在冰天
雪地中，可只有真正来到这里，看
到企鹅真切的生活状态，我才了解
了它们最真实的面貌。旅行，就是
在为我们创造最为真实的现实与感
知，它充盈着无限存在的力量。

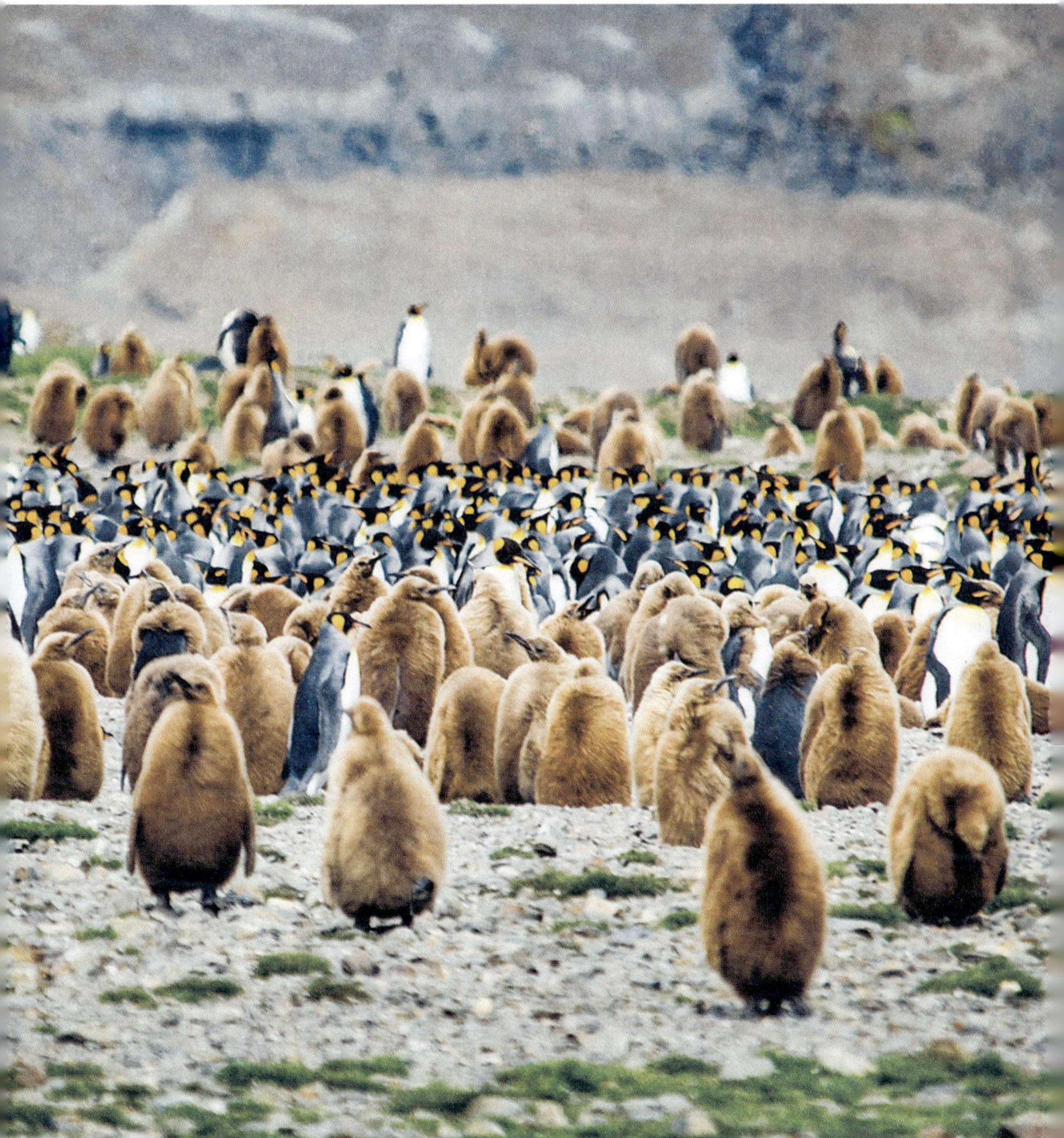

世界上只有一种英雄，
那就是体味生命而且热
爱生命的人。

——罗曼·罗兰

10

与 87 岁的北京爷爷同游南极

YUBASHIQISUIDEBEIJINGYEYETONGYOUNANJI

岁月已老，人依然年轻。

第一次见到爷爷，是在等候下船时。爷爷看上去身体硬朗、神采奕奕，还非常灵动，我好奇爷爷的年龄，大胆猜测爷爷该有 70 来岁。向爷爷求证时，刚才还笑呵呵的爷爷立马一脸正气，严肃质问我："这个不是应该我问你的吗？"引得我与在旁的游客哈哈大笑。

再一打听，爷爷来自北京，名叫王如文，是个了不得的爷爷。他 81 岁去了西藏，83 岁去了北极，这一趟走南极已是 87 岁高龄。今年，家人为了让爷爷梦圆南极，特意在二月份时，由 55 岁的女儿王雪大姐亲自走了一程，认为可行。这回是女儿专程陪着老父亲共同踏上南极探险的旅程，实现他的终极梦想。

　　爷爷虽然高龄，还是我们这艘轮船上岁数最长的人，可是爷爷思维清晰，笑声敞亮，动作麻溜，一点儿不见老态，惹得我们这群年轻人都十分好奇如何可以保有像爷爷这般出众的健康与长寿？爷爷相当热情，

他也是健康与养生方面的专家。他给我们上了一堂健康知识的分享课。他说，其实，我们的身体就像是一个国家，需要有一个平稳又强健的外部与内部环境。外部环境，即是指我们的社会环境，祖国强大了，老百姓

的日子变好了，开心了，自然我们的健康就得到了更多的支持；而要获得长寿，我们还得想得开、放宽心，积极锻炼身体。内部环境，自然就是我们平日里的一日三餐，荤素搭配，平衡膳食，把我们的肠胃与对身体有益的菌群养护好，让它们彼此促进，身体就能得到保障。爷爷还透露给我们一个极为振奋的信息：根据目前医学界的共识，人类可以活到120岁，而且这是大多数人都可以做到的。爷爷不断鼓励我们：你们都还小着呢，放松心情，投入生活，活到100岁不是梦。

这不，"年轻人"爷爷在走过世界第三极"西藏"与第二极"北极"之后，又来到了世界第一极。他说，我想在自己能够行走的时候，去到更多的地方，看一看更多的国家与地区，给自己多一个好好学习的机会。

在一次登陆的时候，我们见到一只白色的海豹，特别好看，我们以为是海豹的杂交品种。爷爷可不罢休，跑去询问探险队员，继而认真地告诉我们，纯白色海豹是海豹的白化品种，这是遗传上的变种，据调查统计，白化的发生率是 1:800，出现异化的仅仅是毛色上的变化而已。

他常常与我们分享他的所见、他的思考，诸如小企鹅是怎么找到父母与自己的窝的？企鹅群的栖息地的社会结构是怎样的？为什么企鹅的群体生活的稳定性、持续性与安全性看似比人类还更好一些？爷爷强烈的好奇心与求知欲也令我们十分敬佩与感动。

在87岁高龄，穿越近5万公里来到南极，又在南极大陆始终保有对大自然、对生命的热情与活力。这让我时常在想：在我80多岁的时候，我会是一个怎样的生命状态？爷爷，感谢您把希望与勇气带到了南极，感谢您对生命与大自然的探索、热爱与追求让我看到我渴望成为的样子。

11

50万只王企鹅为我庆生

SOWANZHIWANGQIEWEIWOQINGSHENG

即使有不同的躯体，万物生灵仍然
拥有一样的灵魂。

——希波克拉底

12 月 21 日，我们的船依然在大洋中航行，海天风平浪静、阳光绚烂。

清晨，坐上驶向圣安德鲁斯湾的橡皮艇，经过满是企鹅活动的海岸线，海水已被在这里安家的几十万只王企鹅的排泄物污染，空气中腥味十足，却丝毫没有影响我们盎然的兴致。

此时是南半球的盛夏，对于这些极地动物来说，温度可是有些高了。披着咖啡色毛绒外套的王企鹅"猕猴桃"一个个站在海水中浸泡降温。象海豹们挥动柔软的臂膀将身旁的沙石扬起盖在身上，在为自己消暑的同时，也起到了防晒霜的效果。

海岸上，海豹是最慵懒的一族。这些大大小小、颜色各异的海豹们躺在地上晒着太阳，千姿百态的身形甚为撩人。仰卧，侧卧，俯卧，有闭目养神或冥想呼呼的，有睁一只眼闭一只眼怀一丝防备的，有护子心切追逐人类的，也有打架斗趣也不知是实战还是演练的，更有的，在细看之下伤痕累累，明显曾激战过……无辜又水汪汪的大眼，让满是爱心的我们不禁停下脚步，为它们送上最为柔软友爱的注目。

1775 年，由探险家库克所率领的英国探险队第一次发现了圣安德鲁斯湾。这里，是王企鹅在世界范围内的最大栖息地。

今天，亦是我的生日。我没想过 2015 年，我的生日会在去往南极的路上度过，我也未曾料想 2015 年我过了两次一年中最长的白天——夏至日。

一大早，团友 Amei 姐为我送来了惊喜与祝福。坐在摩托艇上，伙伴们为我唱起的《生日快乐》遍

布在跃动钻石的海面上，探险队员更是特意将摩托艇开到一个站满企鹅的礁石为我庆生。

这是一种怎样的快乐……穿过南半球最为明媚的大洋，登上背靠雪山、面朝大海的王企鹅的领地，在约1平方公里的洼地上，50多万只大大小小的王企鹅密密麻麻地站立着，一幕惊心动魄的企鹅大剧正在上演。看着这令人瞠目结舌的企鹅家园，聆听它们交相辉映的壮丽歌声，嗅着专属于企鹅群的浓烈气味，感叹着生命的熙熙攘攘，真不知该用怎样的语言来形容……

今天，我太感恩了！我感恩朋友的真情，也感恩这难以忘怀的一天，更感恩儿时的梦想成为今年最美、更是无与伦比的生日礼物。南极，企鹅，Happy Birthday！

12 从犯晕中学会不犯晕
CONGFANYUNZHONGXUEHUIBUFANYUN

所有的一切都在变化，唯有变化不变。

——赞格威尔

身处大海之中，海浪就是流动的地平线。可是我们往往习惯于固定不变、永远可以预知的线性稳定的地平线。大海带来的动荡总会带来某种失控的感觉，不舒服，没有安全感，所以很多人并不喜欢海航的旅行方式，我也是。

但是去南极的航程就是每天在大海之中，无依无靠，无时无刻不在与瞬息万变、与完全无法预知的海浪相处。

一天晚上，狂风掀起的海浪使我们的船摇晃得很厉害，每个人都有晕眩的感觉，好似酒后泛起的微醺，甚至开始恶心。我摇摇晃晃地走上楼梯……只感觉，船深深地往左倾，自然地，我的步子往楼梯的右边踩去；船往右倾，步子又移到了左边。不多时，晕眩与恶心变得越加厉害，身子太难受了，好想躺下来。可一转念，我问自己，我是否可以探索出一种方式，让自己不晕眩？

回到房间，站在阳台上，注目着脚下的海潮奔腾翻卷。突然，一个灵感袭来，我将视线转向了远处海天相接的地平线……继而又定在了地平线的某一个点上。几秒之间，晕眩与恶心瞬间消失。太神奇了！原来只要内心专注在一个不动点，就不会受到海浪变动的影响继而犯晕。那么，这是否意味着，只要拥有一个不动点，就可以让我不受变动的影响？于是，在尝试过地平线的不动点后，我又在心中找到一个定点，安住在那里。啊哈，也同样有效。

　　这个发现令我振奋不已。原来，只要有一个不动点，就可以在动荡的大海浪中始终保持自己的宁静与安定，不犯晕。那么，不动点对我们到底意味着什么呢？我继续探问自己。

　　初心，就是那个不动点；梦想，就是那个不动点；与内在的自己紧密相连时的合一，就是那个不动点。当我们不忘初心，就不会被动荡、充满诱惑的外在环境带走，保有清醒与清明；当我们坚持梦想与所要抵达的目标，就不会过于受到外在艰难或困境的影响，凝结力量持续前行；

　　当我们始终与自己的内心在一起，就不会在漫漫人生中被各种外在的人事物不知不觉影响，始终清楚我们要的是什么，坚持走自己的路，成为自己想成为的人。

　　原来，这是一个训练自己"活在当下，适应变动"的极佳时机。在犯晕中学会不犯晕，这是大海教会我的人生智慧。感谢犯晕，感谢让我犯晕的海浪，让我懂得我该如何在这个剧烈动荡的大环境、小环境中坚持初心与梦想，和内在的安定与宁静在一起。

13 古利德维肯捕鲸站与沙克尔顿的南极史诗

人生的精彩在于探险。

——霍金

昔日的"捕鲸之都"，记载着曾经的杀戮史

古利德维肯，是南乔治亚岛上最大的停泊点。而更为声名远扬的，却是岛上的捕鲸站。从1902年至1965年，古利德维肯捕鲸站一共捕杀了17.5万条鲸鱼，最鼎盛时期，岛上曾有300名男性同时工作。后来因渐渐无法捕到鲸鱼而成为南乔治亚岛最后一座关闭的捕鲸站。近50年来，由于《国际捕鲸管制公约》等禁止捕鲸法规的实施，周围的鲸鱼数量已恢复至最早以前的正常水平。

行走在昔日的"捕鲸之都"，破落的捕鲸船衰败地搁置在海岸边；穿梭于锈迹斑斑体积庞大的锅炉、油罐废墟间，似乎可依稀窥见曾经的屠宰场之血腥与惨烈。这是一段人类的杀戮史，它也在警醒着后人：在巨大的商业利益与动物生命之间，对我们最重要的选择到底是什么？！

重走沙克尔顿南极探险远征路

在古利德维肯，还安葬着英国著名探险家、铸就伟大生存奇迹的沙克尔顿爵士之墓，以及六十三位捕鲸人的坟墓。在沙克尔顿墓的背面，有一段他最爱的诗人布朗宁的诗句：I hold that a man should strive to the uttermost for his life's set prize。翻译成中文大意是：我认为一个人应该极尽所能努力奋斗，以追求他人生注定的值得争取的目标。而这，也正是沙克尔顿的一生所践行的。

参观完岛上的教堂与邮局，我们开始踏上探险队与船方共同安排的"纪念沙克尔顿"6公里徒步线路。这段路是当年沙克尔顿翻越南乔治亚岛的最后6公里。由探险队长Jose带头，来自全球的 100 位南极旅人共同翻越了岛上的一段山脉，体验沙克尔顿远征南极的不易，感受在绝境之中永不放弃与英勇顽强的精神。

走上山坡，在搓板路、碎石路与冰雪路中穿行……口干时，抓一块地上的冰润喉解渴，劳累时，看看几位六七十岁老人稳健轻盈的步伐。行走之间，我们直抵山坡的高处，放眼望去，远处的雪山与大洋尽收眼底，我们在山顶尽情撒欢。

最伟大的一次失败——沙克尔顿的南极生存史诗

直到一百年前，人类最早的探险者才进入到南极内陆，而迎接他们的，是地球上纬度最高、最干也是最冷的地区。

今年，恰逢英国探险家沙克尔顿远征南极 100 周年。百年之前，沙克尔顿爵士率领 27 人的探险队，乘坐木船"坚忍号"离开伦敦前往南极，志在成为徒步穿越南极大陆的第一人。但是在抵达世界上最寒冷的海域——威德尔海后，木船身陷冰川并随冰雪漂移了 10 个月，最终被彻底摧毁、沉没。28 个人与世界完全失去了联系。

在食品、衣物、遮蔽物严重不足的情况下，28 个人在浮冰上生存了 5 个月。所有队员在沙克尔顿积极乐观的影响与带领下，在几乎所有食品都已吃完的困境中，大家齐心协力杀企鹅、杀海豹，依靠冰雪维持生命。

在他们用抢救出的三艘小救生艇经七天航行抵达 160 公里外的象岛后，船员的体能与精神已濒临极限。他们经商议决定，留下 22 人在象岛，沙克尔顿继续率领 5 人小队驾 22 尺长的救生艇横渡约 800 公里，向南乔治亚岛捕鲸站寻求救援。一路上狂风怒吼，18 天后，他们 5 人终于抵达南乔治亚岛，但捕鲸站却在岛的另一面。于是，沙克尔顿等人又继续不间断行走了三天三夜，在仅仅依靠一根绳索与两把冰镐的简易工具的情况下，他们竟奇迹般地横越了被认为飞鸟难越的 42 公里，抵达捕鲸站得到了救助。再之后，沙克尔顿回到象岛，救出了留在象岛上的 22 个人。所有船员在出发两年零一个月后全部获救。

　　这是一段关于友谊、关于勇敢、关于坚韧、关于信念、关于忠诚、关于爱的生命史诗。

　　这次航行虽然失败了，但沙克尔顿用坚韧的信念创造了人类生存史上的奇迹。沙克尔顿曾经说过：永远不会降下旗帜，永远不放弃最后的努力。这是一项怎样的壮举？一次次身陷绝

境，他仍然依靠坚韧与信念带领 27 个人从绝望中重生，这段史诗般的历程至今仍深深地激荡在我的心头。

14

重走沙克尔顿远征路的英国老头 Trevor

CHONGZOUSHAKEERDUNYUANZHENGLUDE
YINGGUOLAOTOUTREVOR

一个人要知道如何冒险。离经叛道的行为与种种谬误常带来危险，但生命中我们必须冒着这些险，唯有冒险才能使我们安于斯，满足于此生。

——庞陀彼丹

他叫 Trevor，来自英国，是我们南极旅程中的一名探险队员。看上去长得普普通通的老头，却是一名极地探险家，有着极不平凡的探险经历。直到那一天，他讲述了自己重走沙克尔顿南极远征路的故事，并给我们播放了他那趟行程拍摄的录像，我们才对他有所了解，且由衷敬佩。

23 年前的 1993 年，Trevor 建造了一艘七米长的木船，与 3 位伙伴一起，仿照一个世纪之前英国极地探险家沙克尔顿爵士南极探险的路线进行远航。他是历史上第一个沿沙克尔顿当年航迹重走的人。并且，与其他探险家所不同的是，他只驾一艘木船，却并未携带任何后援设备与船只为他提供救援与支持。

这注定是一次极为艰险的旅程。每天，他依据日出日落来描绘极为精细的航海坐标图。途中，他遭遇过吞噬一切的海浪，与严寒及变幻多端的极地天气搏斗，在雪地里挖洞、支帐篷、露宿风餐……一路惊险，且困难重重。

当他将这些惊心动魄的经历向我们娓娓道来，他讲述时淡然、温和的神情与其惊险的经历形成了强烈反差。他说，是沙克尔顿为他带来了勇气与力量，支持他一路前行。

而在我们问及他为何要建造这艘船，重走沙克尔顿远征路时，他说，这是他的梦想，因为他从小敬重的人就是沙克尔顿。在他很小的时候，他就读过沙克尔顿的故事，可是在他长大之后，他发现大家都不知道南极探险家是谁，几乎所有的人都不知道沙克尔顿这个人，所以他觉得他非常有必要去做这件事情，重新走沙克尔顿当年走过的路，让别人去了解沙克尔顿、记住沙克尔顿。于是，他就去做了。在此之后，他又数度走了这段路线。

谈及他最钦佩的榜样沙克尔顿，

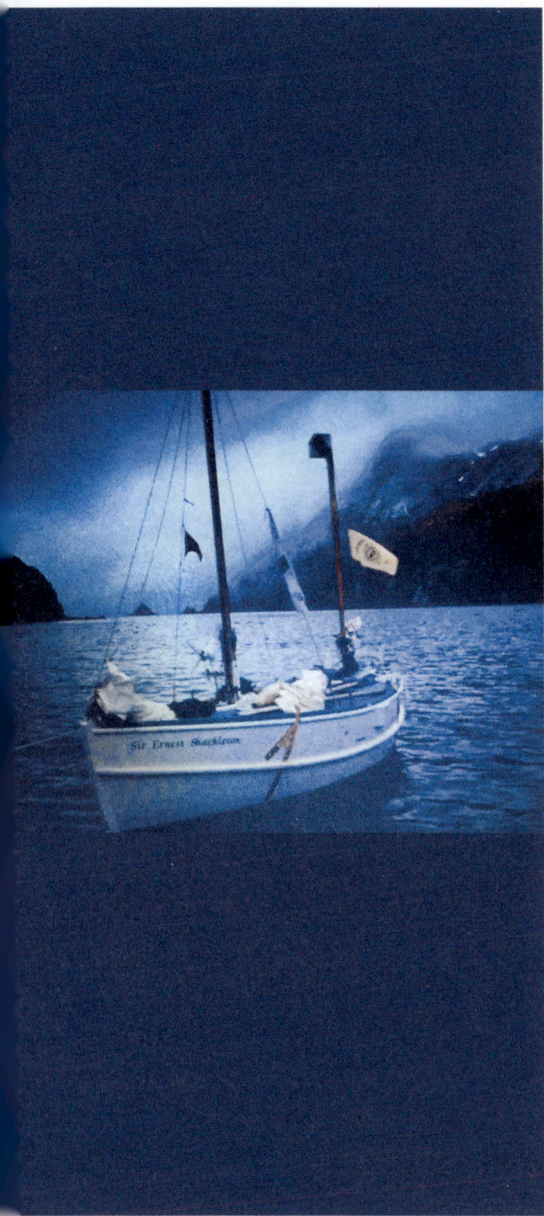

Trevor 告诉我们，欧美许多商学院把沙克尔顿的故事作为领导力课程的案例。因为沙克尔顿带领所有的人齐心协力，不管杀企鹅、抓海豹还是建帐篷、造船，把在南极困了一年多的 27 位队员全部救回去、安全返回，这是一个特别伟大的关于团队协作与领导力的故事。可是，现在有太多的孩子整天呆在电视机前，他们没有野外生存的能力，即便把五六个孩子放到野外，他们是否能够利用团队协作的力量存活下来，也是一个疑问。所以，他想告诉孩子们：一定要到大自然里面去，了解如何生存，学习跟他人合作，建立强大的合作关系，去享受野外。

这就是 Trevor，让沙克尔顿精神活在自己生命与人生里的人，他同样也带给了我们关于信仰、坚持、勇气的强大力量。

现今，他当年那艘跨越重洋与极地拥吻的船只被安放在英国剑桥大学的极地博物馆内。

15 让生命拥有自然成长的力量

RANGSHENGMINGYONGYOUZIRAN
CHENGZHANGDELILIANG

心生则路生，成长是一个春蛹化蝶的故事。

除了登岛与巡游，我们每天更多的时间是在听讲座、听音乐、看电影、跳舞、做手工……日子充实而饱满。

有一天，在我们观看 BBC 纪录片《冰冻星球》时，大自然的一幕令我深受触动与启迪。

影片讲述了此行我们见到最多的一种海鸟——信天翁。在一年中的绝大部分时间，它们会在海上度过。当繁殖的季节来临，信天翁便会成群结对地登陆南极与亚南极大陆，完成交配与养育后代的任务。新生的信天翁幼鸟因翅膀庞大，往往需要一年多的时间才能长成丰满的羽毛。在它面对腾空飞翔的挑战时，学会控制世界上最大展幅的翅膀需要不断的练习、练习、再练习。

影片中的一段讲述了一只小信天翁学习飞翔的过程。当它第一次起飞时，竟直接栽到了草堆里；尝试第二次腾空，踉踉跄跄，它又失败了；第三次，依然相当糟糕，它摔到了泥堆里。看着它的窘样，我们都不禁笑出了声。对于一只小信天翁而言，学会飞翔需要大量的练习，可能需要几周的时间，当然，还得借助合适的风力，更是对意志力的艰巨考验。影片的最后，小信天翁尝试再度起飞……虽然起步时很不稳定，摇摇晃晃地，但慢慢地，它终于成功了，它飞起来了，翱翔在天空。

不仅是信天翁，小企鹅的成长也经历了相似的过程。它们的故事给了我极大的启示：在自然界中，所有的动物，都是在练习了许多次，在没有成功、没有完成很多次之后，才学会、完成、熟练了新的本领。一次又一次的失败、没有完成，是在积累经验，是对达成往后越来越娴熟的本领与能力的累积。所谓的生存，就是失败、失败、失败，直到成功。并且，在丰富而广阔的大自然中，没有应该是怎样的标准，也不用说什么是应该的、什么是不应该的，没有标准，没有对错，什么都是允许的，一切都是开放的，所有的一切都在表达万物自然生存与成长的力量，而这股力量又创造了自然界的平衡与和谐共存。

再反观自己，我看见了自己过往的严苛：常常要求自己不能犯错，一次成功，一次做到期待中的完美。可是，这怎么可能呢？这本身就是一个违背自然规律、完全不可能完成的任务。更为负面的是，当身处无法完成的焦虑与担忧中，为了防止再度失败，继而不断拖延，不再行动，最后变得越来越退缩。

这一次在船上，我也借助于信天翁自然生长的力量来训练我的口语。在与英语失联多年之后，再度开口，我非常恐慌，不敢说，但若放弃不合实际的一开口就要求流利与完美的期待，先去说，第一步先去试着完成而不是求完美，我突然就在"蹦单词"中完成了一次次的交流与突破，对说英语也越来越熟悉，越来越敢于每一次更进一步地去表达。这个过程，也成为南极之行中我的又一个成长。

所有大自然中的动物都是先去试练、去行动，继而再去调整与完善，在不断地尝试、失败与累积中自然成长，变得更好。更何况，成功还需依赖许多外在因素、环境与时机的支持。

行动是非常好的成长机会，一旦走出去、行动起来，我们就会在一次次的练习中超越，也更愿意在一次次的超越中去做新的冒险……这个自然生长的循环还会帮助我们积累更多更为优秀的品质与能力，成就一个更好的自己。让生命拥有自然成长的力量，它不仅仅表达了我们对生命历程的信任，更在表达我们对自然生长的尊重与拥抱。

透过南极之旅，我还发现我们在人生中遇到的一些困境与难题同样可以去大自然中找寻答案。把最重要的问题放到大自然中去参悟，不局限于有限狭隘的视野，以大环境、大视野与高能量帮助我们找到源头，去获得人生问题自然而然的解答，广袤的天地就在你我的眼前。

16 成为海

CHENGWEIHAI

天地与我并生，而万物与我为一。

——庄子

在南极旅行的 15 天中，我们每时每刻都在与大海、与海浪共处。

出发之前，有团友提及穿越"魔鬼西风带"德雷克海峡的晕船问题，李欣频老师打了一个相当有意思的比方：当我们还是婴儿或胎儿的时候，我们在妈妈的肚子里面晃动，你看到哪个婴儿或胎儿晕船吗？所以，那就像在妈妈的羊水里面起起伏伏，享受摇动，这是一个非常快乐的过程。

她的比喻瞬间将我的思绪拉回到有一年的夏天。那天，我在三亚分界洲岛第一次尝试坐海上摩托艇。当时，附近海域的风浪相当大，离海岸边越远，海浪就越加猛烈，就像一个个山头向我们奔涌过来，艇身也随着浪头冲上甩下，让我们有些招架不住。我见摩托艇教练也十分紧张，小艇更是熄火了几次。

当我留意到自己紧张与僵硬的身体，我便尝试转念，尝试将自己与海浪共频，化身一波又一波的海浪，成为那一浪又一浪……有趣的是，仅仅几秒过后，我就与摩托艇共享海浪的上上下下、起起伏伏，玩在了一起，嗨到不行！

当我成为海，化身为变化中的海浪本身，我就与大海、与每一个浪头融为了一体。我不再是拿身体旧的惯性去对抗浪，我仅仅只是在那里跟随，随着浪起身起、浪落身落的律动，我与海合一，在其中享受，自然不会再有任何的不适，更不会晕船。

若将我们的视野再度扩大，我们更可以以整个人生的视角来看大海，将大海的起起伏伏、潮涨潮落当做整个人生的起伏变动，思考与体味如何让我们玩在浪里，在高潮与低潮中成为人生玩家。

事实上，我是浪，我也是海，我是船，我也是天空……我可以是所有的一切，我也什么都不是。在心灵的时空里，任何的可能同时存在。我，就是万事万物。

17

只要有梦想，什么都做得到

ZHIYAOYOUMENGXIANG, SHENMEDOUZUODEDAO

在艰难困苦的时光中，依然能够前进，关键就在于，你不是以能看见的，而是以能想象的事物来引导你的人生。这就叫做信心。

——尼克·胡哲

两年前，一场车祸让澳大利亚的一位爷爷从此无法站立，任何的身体移动只能依靠轮椅。但是，他却坐着轮椅飞越重洋，登上了前往南极的探险船，并站上了南极大陆。

在从布宜诺斯艾利斯飞乌斯怀亚的登机口，我第一次见到了坐在轮椅上的他。他的脸上洋溢着谦卑与平和，眼神中满是纯真的笑意。他深深地吸引着我。之后，每次在船上遇见他，我总会送上默默的、久久的注视。我很是好奇，是一种怎样的意志力与行动力，让他做出连健全人都会有所迟疑的旅行决定？！

在他身旁还有一位与之相扶的伴侣，一位相当慈祥的奶奶。她爱穿一条浅蓝色的背带牛仔裤，显出俏皮可爱的模样。她对他照顾有加，却根本看不出她把他当作有缺陷的人。我时常会看到他们坐在不影响旁人的剧场

一角，一起听讲座；时而又在咖啡厅见到他俩的背影，虽然一人在看录像、一人在看 ipad，可这幅画面却是这样充满爱意，这样深情。这个时候，我总不自禁地走神，继而被他们的爱深深感动。人到老年，能如此相扶相伴，温暖、平淡而深情，或许这就是我们心中最向往的伴侣关系：无论何时，状况几何，我们一同踏上征程，共同圆梦，享受人生中的每一刻。这部轮椅不也成了彼此真爱的见证？！

船上的工作人员与探险队员也对"轮椅爷爷"照顾有加。一次登陆时，不经意看到的一个画面，让我们深感意外。因为爷爷无法长距离跋涉，探险队员把爷爷安排在更靠近企鹅的一处海滩，虽然违背了探访南极的相关规定，但爷爷可以与几只企鹅更近距离地相处，这一幕无不触动着我们的心。让同为人类的我们都有可能拥有同等权利、实现自己的心愿，在其他大陆上是，在南极大陆上更是。也正

是由于爷爷在身体上的某种不便，他更弱势，所以我们会提供给他更多的便利与协助，让他可以与我们健全人一样，顺利实现自己的梦想。这个举动更是我们对爷爷最富尊重与关爱的表达。

"轮椅爷爷"在世界的尽头以爱与勇气的实际行动向我们娓娓道来……你应该去过"只要有梦想，什么都做得到"的人生。

18

超越时间，从时间的幻象中解脱

CHAOYUESHIJIAN, CONGSHIJIANDE
HUANXIANGZHONGJIETUO

我们知道，时间有虚实
与长短，全看人们赋予
它的内容怎样。

——马尔麦克

　　人生中的第一次跨国飞行，从上海飞香港、香港飞迪拜、迪拜飞圣保罗、圣保罗飞布宜诺斯艾利斯、布宜诺斯艾利斯飞乌斯怀亚……辗转在各座城市之间，飞行时间超过了 30 个小时；也跨越在时间的国度之间，从东八区的北京时间，到比北京时间晚 4 个小时的迪拜时间，再到晚 11 个小时的布宜诺斯艾利斯时间，以及晚 10 个小时或 11 个小时的南极船上时间（好绕口）……不得不说，这段飞行与南极旅程已将我心中固定不变的时间概念彻底打破。体验着穿越时空的感觉，历经时间上的彻底混乱，失去了对时间的把握与掌控，唯一能够抓住的，也仅仅只有此时此刻。

　　这是一种怎样的体验？除了生物

钟上的混乱，它更是一种从固定时间
的限定中彻底解放出来的体验与经历。

我不禁联想到，平日里，我们不
仅被固定的惯性思维捆绑，更是在时
间的观念中受限。我们总是习惯于以
明确的时间框架来规划每天的生活，
当时间框架被打破，我们就无所适从。
然而，一旦我们开始超越时间的概念，
觉醒到我们才是时间的主宰，我们就
会感到自由，不再拘束。这是一种很
奇妙的感觉，破除了对固定时间安全
感的需要与束缚，少了在时间中的规
划与限定，反而更有专注力，更能投
入当下，了解到这一刻对我们最重要
的到底是什么。

在南极，还有一个十分特殊的地
方——南极点，它是地球上所有经线
的交汇点之一。站在南极点上，我们
也就踩在了各个时区的中央经线上。
在这里，不需要查看时钟与手表，我
们随口说出的任何一个时间，它都是
准确的。

那么，时间到底是个什么玩意
呢？

时间，它就是个幻象。我们以为
时钟是唯一的时间，这是被我们以为
的时间催眠了；我们遗忘了内在的时
间，而认同了外在的物理时间。时间，
是相对的，你完全可以从你以为的时
间中脱离出来。时间不是捆绑我们的
桎梏与束缚，我们自己才是时间的主
人。无论何时，最为重要的，都是当
下的那个我。而我们一旦站在了"时
间之外"，就可以更清晰地看到我们
的过去、现在与未来。站在未来看现在，
这是可以为我们所运用的时间智慧。

19

水墨之境——拉瑟尔峡湾
SHUIMOZHIJING —— LASEERXIAWAN

掬一捧烟雨，让它们缓缓地流进心底，我想就这样，带着这些传奇，凝结这一刻的宁静。

12月22日早上8点，打开阳台的落地门，湿润的水汽扑面而来，外面的世界又完全换了一副模样。海岸边，云雾好似轻纱萦绕着山峰，影影绰绰，若即若离。清新潮湿的空气诱惑着人们去享受天然Spa。在离开南乔治亚岛之际，探险队员原本为我们安排了库珀岛的巡游，无奈浓雾漫天，于是我们奔向了另一个地方——拉瑟尔峡湾。

坐在橡皮艇上，静静地游走在深邃宁静的峡湾中，碧浪轻抚，波纹如凝。云雾缥缈间，黝黑的山峰与峰顶的皑皑白雪似影若现，倒映在洋面上，绝美的水墨画作浑然天成。海岸边，海豹从水中徐徐探出脑袋，瞪着水汪汪的大眼，稀奇而顽皮地打量着这群不知从何而来的生物。鸟儿在山水间飞翔，不多时……我们的心也被这世外仙界般的绝景轻轻地带回到冰河世纪，坠入了清净之境。

一只威德尔海豹慵懒地躺在半山坡的冰层上，见一群鲜活的人类前来，翘起了尾巴，扭动着脖子斜斜地瞅着我们，还差一点跌落下来，瞬间把我们全逗乐了。

回到船上，船长将我们带入了又一片天地，南乔治亚岛最深处的冰

川——瑞斯定冰川。泛出幽幽蓝光的冰层刻着历史的印迹，即便无法读懂它，也好似穿越了千万余年。

我们即将离开此行的第二座岛屿——南乔治亚岛了。美丽的冰川、浮冰为我们送行，我们也在心里向这座野生动物的天堂道别。唯一留下的，除了记忆，还有一只南乔治亚岛的企鹅印戳。

KING EDWARD POINT
SOUTH GEORGIA

DEC 21 2015

20 白色圣诞与暴风雪中的半月岛

BAISESHENGDANYUBAOFENGXUEZHONG
DEBANYUEDAO

可爱是用来分享的。

—— 《马达加斯加企鹅》

圣诞节下雪了！南极的夏日下雪了！

一早起床，世界再度变脸，一改数日来的灿烂明媚，老天献上了缤纷的漫天飞雪。阳台的栏杆、桌椅上更是垒起了数厘米厚的积雪。难不成是圣诞爷爷在平安夜为我们捎来的礼物？船上的厨师长也用他新奇的想象力，将西瓜雕琢成圣诞老人的模样，让吃早餐的游客个个心情大好，一张张脸上快乐肆意。

南设得兰群岛位于南乔治亚岛与南极半岛之间。两天之前，我们离开南乔治亚岛，向西南方向航行。今早，我们抵达了南设得兰群岛的半月岛。

半月岛长两公里多，坐落在月亮湾内。小岛呈半月形，就像法式羊角面包的形状。岛的背面是一片片的山丘，坐落着阿根廷科学考察站——卡马拉；南面，凌乱的岩石区与平缓的海滩交错。据探险队员介绍，光是帽带企鹅，这里就有3000多对。

我们是极为幸运的，半月岛的登陆计划并未因风雪而取消。只比原定时间推迟了半个小时，我们就在冰雪严寒中坐上了橡皮艇。今儿个风浪着实有点大，抵岸时尝试了3次，终于在第三次靠岸成功，我们踏上了半月岛白茫茫的大地。

　　冰雪强劲地打在脸上、扑到衣服上，只听到"啪啪啪"的声响。这是我一生中所遭遇的最大的暴风雪。每行走一步都如此艰难，手机更是在低温与冰雪中停止了工作，掏出相机的手快被冻成了冰棍。为了防止大颗冰粒打在脸上硬生生的疼，我将身体背了过去，挡住了正面袭来的冰雪，这下，脸庞好受了许多，耳畔听到的尽是"噼里啪啦"清脆的击打声。这一时刻，我们也在无以抵抗的暴风雪中，有了一种身在南极的感觉。

　　这里的世界非常简单，只有黑白与红黄蓝5色。黑白，来自于企鹅、岩石与冰雪原生态的色彩；而红黄蓝，则代表着前来此地拜访的人类。自然与人类之间和谐共处、融洽合一，让我们感到特别的快乐与美好。

　　在迎风傲雪中，伫立在岩石中的帽带企鹅不时仰天欢歌，仿佛嘉许人类的勇敢，与我们共庆白色圣诞。还有几只企鹅跑到我们的身边，仰起小脸瞧瞧我们，又摇摇摆摆地走开，或直接趴在雪地上脚手并用爬走。看着我们一个个冻得勾头缩颈、难以移动的情形，我不禁钦佩起这些小家伙抵抗冰雪的御寒能力。

　　在它们颈下有一圈黑色的羽毛，像极了帽檐下细细的带子。而这，正是帽带企鹅名字的由来。细瞅着它们，你也一定会情不自禁地扬起笑脸。瞧，这不就是企鹅在冲我们微笑吗？这不就是南极白色圣诞的一张

张开怀笑脸吗？

一时兴起，我也将身体趴在了雪地上，模仿帽带企鹅的身形，吸引它们向我靠拢。没过多久，就有几只好奇的企鹅从我身旁走过，带着它们极有亲和力的微笑直直打量我。萌萌的帽带企鹅有一双大大的、粉嫩色的脚丫，尖尖的鼻嘴上堆满了厚厚的冰雪，可爱极了！

依依不舍间，我们往回程的海滩挪去。海岸旁，又多了几只金图企鹅，它们正与帽带企鹅一起向海里走去。当我们已在暴风雪中有点狼狈时，它们却毫不畏惧冰雪严寒。

漫山遍野的暴风雪彰显着南极气候的恶劣，而且这里寒冷、荒凉、与世隔绝，只有极地最坚韧的生命才能在如此的严寒中生存，成为最为严酷环境下生存的非凡代表。虽然憨态可掬的企鹅们在陆地上走起路来摇摇晃晃、萌萌的，我们都带着生怕它们跌倒的疼爱，但是，它们的抗寒力以及顽强的生命力给冰冻荒漠的南极带来了勃勃生机。有时候我会想，它们经历了地球上最为艰难的气候，才得以保全自己与孩子的生命，这到底源自于怎样的顽强与坚韧？或许，这就是生命与生俱来的本质——爱与繁衍的力量。

21 自由，来自于无以限制的创造力

ZIYOU, LAIZIYU
WUYIXIANZHIDECHUANGZAOLI

没有任何人去过创造之地。你必
须离开舒适的城市，走进直觉的
荒野。你将会发现精彩绝伦的世
界，你将会发现你自己。

——艾伦·艾尔达

没有边界的未知，孕育着最大的创造力

在南极，在这个地球唯一纯净无染的地方，我们可以感受到什么是广博，什么是自由。

这种广博与自由，来自于这里不存在任何国家的概念，我们自然而然地站在高维度上拥有了无边界的视角，我们也因此很自然地放掉了许多限制与分裂，更感知到我们与自然、我们与动物、我们与其他国家的人们在本质上是一样的、是一体的。而这种广博与自由还衍生出一种更深的觉知：与地球和自然比较，人类真的非常渺小，人类本应对地球与自然怀有恭敬与谦卑之心。站在人类世界之外看人类，遥看各个国家之间的纷争、彼此之间的勾心斗角、发动的分裂或掠夺战争，实在是没有一丝一毫的意义与价值。

当我们游荡在宁静的威德尔海，在蓝色的海冰中穿梭；当我们登上暴风雪肆虐的半月岛，与帽带企鹅一样摇摆前行；当我们站在船头，凝望着仿佛按下停止键的欺骗岛的天堂之境；当我们注视着海面上因水下动物划过而泛起的阵阵涟漪……我们常常非常恍惚，这样的画面已然超出了我们头脑中的任何想象。此时此刻，人与自然相融相契，天地合一。

许多有魅力的事情都是不可预知的。大自然是最为伟大与惊人的创造大师，它的每一刻都在创造，都是全新的，都可能是未知的。这不仅仅只是一个概念和知识，而是一个可以被触及、可以被感知与体验到的现实。大自然的创造之美足以震动灵魂，撼动自我。

解开固定思维的枷锁，在旅行中收获一颗广阔的自由之心

走出去，才有机会发现我们的思维方式一直循环在固定的轨道上，而没有看到其他的可能，看到另一种思

考方式，看到别样的做法。

这一次，我在途中可闹出了不小的笑话。在香港机场的餐馆吃饭，寻觅了许久的筷子却始终没有找到。一问之下，店家竟将筷子放在了抽屉里，而抽屉上有明显的纸条标识。若不是"筷子怎么可能放在（脏脏的）抽屉里"这样的固定思维，我怎能傻到视而不见？！还有一次在布宜诺斯艾利斯机场的厕所，我找不到冲马桶的按钮，寻觅良久，最后才发现这个钮安在了背后的墙上。乘坐空客 A380，阿联酋航空提供机上 Wi-Fi 服务，我正发着微信，朋友竟来质问我："飞机上怎么可以开着手机？"我哑口无言。在乌斯怀亚登机时，习惯于空姐将登机牌的小联撕去还我大联，我拿着小联的登机牌竟杵在那里以为空姐出错了。还有……据阿根廷导游介绍，布宜诺斯艾利斯靠近公墓旁的房子反而更贵，因为当地人相信去世的亲人会化为天使保护子子孙孙……几乎每天，我都能见到打破我原有概念、想法与思维方式的故事正在不断地发生着、上演着。

感谢这一程，它不仅让我认识了更为广阔的世界，更使我觉察到这是一个自由与无所限制的世界。在自己生活的世界中认定是正确的做法，可能在另一个世界却完全相反。我想，这也是旅行带给我们的意义所在，在看到自己限制性思维的同时，也得到了更多的视角来看待同一个问题，从而形成以"包容之心"来容纳各种不同的见解与观点，以及不再以"对错"作为判断的唯一标准，而是形成以"多重可能性"来进行选择的价值取向，这会给我们的内心带来自由。事实上，所有的定义也都是每一个人自己所附加在事物上的，它与事物无关，而只与自己有关。

世界很大，不仅地理范围很大，而且人们的生活态度、生存方式、思维逻辑、认知习惯、视野角度完全不同。用开放的心走世界，你更可能收获一颗广阔的容纳天下的世界之心。

体验每一个第一次，超越心灵的极限

旅行，让我们不断打破旧有的视角，重新审视世界，审视生命，审视自己。

从香港飞到迪拜的 9 个小时，我经历了很多人生中的第一次：第一次乘坐国际航班，第一次体验空客 A380 这个庞然大物，第一次感受时差，第一次经历超过 4 个小时的空中飞行……惊喜之余，我也异常清晰地观察到自己在身体与情绪上不由自主的紧张，以至于想要紧紧抓住旧有的身体惯性、固有的思维方式、模式化的饮食习惯，并且不断做出对变化与不适感的对抗与排斥。

然而，紧紧抓住原来"已经拥有的"已然没有任何用处，面对环境与文化的巨大改变，想要维持熟悉的习惯与不愿改变的习性会导致强烈的内耗。而此时此刻，在原有环境中曾经以为"好"的东西或已经不适用，也根本抓不住，这个时候，得放掉，要放下。

旅行真的是一个很棒的学习与试验"此时此地"的试验场，它在呈现亦在检验、更在训练我们在变化中的适应力与无所限制的活在当下的能力。

"放下就是拥有，当下就是一切"，这是更深一层的智慧。于是乎，敞开身心，体验每一个未知的发生，在无数个第一次中走到内在世界的边缘。这就犹如影片《楚门的世界》，放开对已知世界的限制与禁锢，拓展出内在世界的更多维度，训练跟随变动与活在当下的能力。放下、无为是旅行带来的更为重要的一课。

旅行，它是外在与内在共同的旅程。它帮助我们去拥有更多的选择，它让我们收获自由……

22 红色平安夜
HONGSEPINGANYE

圣诞节离不开缤纷的圣诞树，平安夜离不开温暖的火炉，圣诞老人离不开驯鹿，我离不开你——我的棉袜子，我要把你放在床头装礼物！圣诞快乐！

红色狂欢的平安夜

2015 年的平安夜，我们在去往南极的船上。

傍晚时分，就在众人纷纷准备平安夜的红色盛装时，我们在海上遇见了冰山，更遇见了鲸鱼。

探险队员介绍说，通常情况下，在鲸鱼吐气 3 次之后，便会深潜入海，然后……就再也没有然后了。但是，今天的几条鲸鱼却可爱地想与我们一起共度红色平安夜。它们在我们的船旁浮潜、翻滚、嬉戏，直到半个小时之后，才与我们惜惜道别。

晚上8点整，临时组建的国际唱诗班率200多位来自世界各地的南极旅人，分别以英文、法文、德文、中文版本的《平安夜》开启了圣诞欢庆的序幕。

戴上小红帽的船长与副手们的演唱超级逗比，"哈哈"声不绝于耳；来自中国的妹子哪能错过，温糯的《月亮代表我的心》、高亢的《长江之歌》，把老外们听得一愣一愣的；优雅的欧洲老夫妇唱起欢快的《Jingle Bells》，引发全场齐声唱；异域妖娆、腰肢乱颤的舞蹈直捣我们的心窝；船上的歌舞团队也带来了格外欢乐的歌舞秀。就如南极这个地方，它不属于任何一个国家，但它却属于全人类。今晚，我们也彻底放下了不同国家之间的差异与隔阂，我们仅仅只是作为一位南极旅人，自由自在地与所有的

旅人们共度我们共同的节日，许下共存于我们心中美好的愿望，共享我们共同的欢乐与开怀。

在南极原生态的环境中，尝试生命力最大的爆发

晚上10点，南极的极昼令夜晚依旧明亮。一场丰盛的圣诞大餐正在上演，从鱼子酱、鹅肝吃到松露、龙虾色拉，这些顶级食材配搭米其林大厨的巧手，简直是一场色香味俱全的盛筵。

说起船上美食，必须得提我们的领队——房导，他是一位加拿大籍台湾人。身材高大的他心思细致周密，他的工作连最为苛责的游客都会感到满意。我最为感谢他的，是他提醒我们，晚餐时，不要去自助餐厅，在二层用餐可以品味到最正宗的法式大餐。他说的没错，每晚精致的前菜、沙拉／汤、正菜、甜点，融合着红酒、香槟，两个小时的晚餐时间，我们不禁穿越至欧洲，体验起时光在味蕾与

情感的碰撞中馥郁流淌的美妙……

今晚，喝罢的香槟正发挥着微醺迷醉的作用，连带掀起的海浪，竟感觉有些晕眩。伙伴说，去跳舞吧，去狂欢吧！

于是，在强劲有力的乐声中，在不时摇摆的船体上，我与重庆小伙单一奔放狂舞。在舞蹈中，我渐渐褪去了往日里对自己的层层包裹，亦放开了心理上的重重束缚。我们俩以最为强大的爆发力、最为畅快的舞姿、最为性感妖娆的表达为这一次难忘的旅程再添一笔浓重的舞色。

爆发出生命当下全部的小宇宙，它成了我人生中最为酣畅淋漓的一场舞。以至于结束之后，我们相约：下一次旅程，我们必须再度共舞。我也暗自下定决心，我愿意继续以生命力最大的爆发去过今天与往后的每一天，让人生的每一刻都鲜活生动。

一人多专的强大团队，为我们创造每日的精彩

平安夜、美食宴、狂欢舞……15天，是我们来自 15 个国家的 155 位船队工作人员为我们精心打造的一次极度难忘的南极之旅。

这支庞大的国际团队，不仅仅为我们守卫着海上航行的安全，更为我

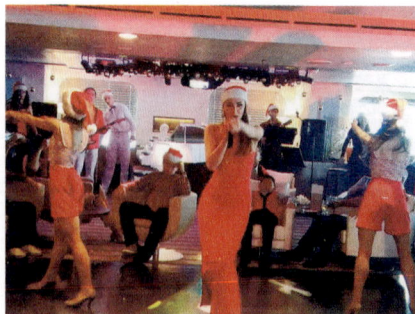

们提供着舒适温暖的环境、形式多样的娱乐、精美丰盛的美食、风格多样的音乐舞蹈、多维专业的讲座……他们让我们体会到了何为用心与贴心。

每每看到这些船员的工作状态，我都会在心里默默感叹：这真不是一般人能干的活！多才多艺是船员必备的素质，能担当多种角色是他们最基本的素养。

如果你是一位舞蹈演员，你还得是一个歌舞剧的表演者，更是健身教练、瑜伽教头、领舞老师，在圣诞节扮起玩偶与游客拍照，更有可能充当几回分发衣物与鞋子的工作人员……不仅如此，你的状态还得时刻保有满满激情。

倘若你是一个餐饮部的员工，你得细心记下每个游客的饮食习惯，以及他的名字。当有游客落单时，你会细致询问他的需要，热情地跟他聊天，更会问可以为他做些什么。

即使是船长，在娴熟地做好本职工作的同时，接待游客，有问必答，在平安夜唱个歌，圣诞节跳个舞，那都是驾轻就熟的活儿。

要不怎么说，这艘轮船上的船员，个个都不简单！他们以自己的爱心、用心与关心为游客创造了一个极度美好的旅行氛围，让南极旅人在探索南极、沐浴身心的同时，更享受了一次完美而超出预期的海上假期。

23

欺骗岛，我们来了

QIPIANDAO, WOMENLAILE

创造力来自相反的两面，当相反面彼此融合，
新的东西将会出现。

受老天恩宠的南极旅人，幸运地进入欺骗岛

自打踏上南极旅程开始，探险队长 Jose 就反复给我们"洗脑"：极地的天气一日四季，变化多端，风太大或雨雪或浮冰因素都有可能导致取消登陆。但从航程的第一天起，我们似乎对他的话毫无感觉，每天的风平浪静，连船长也直呼："这天气太出乎意料地好了。"

直到今天，一位来自巴黎的大姐告诉我，此船的上一次航程，由于天气缘故，有接近三分之二的登陆计划取消，我才恍然。原来，我们的确是一群深受老天恩宠的南极旅人，并且，这个幸运，一直延续到了旅程的最高潮——登陆南极大陆、穿越德雷克海峡……

上午于半月岛在暴风雪中的登陆，让我们尽情感受了白色圣诞的气氛，也有了身在南极的真实体验。午后，广播中传来船长欢欣鼓舞的声音：

从航图上看，天气会好转，我们有可能进入欺骗岛。可不是么，午时起老天开启了艳阳高照模式，途中，各种形状的蓝色浮冰亦纷至沓来：城堡、宫殿、山头、乌龟，自然不乏爽润诱人的鲜奶油蛋糕。

傍晚五点半，我们的船顺利驶过海神吼航道，抵达欺骗岛。冰雪洗过的天，纯蓝透亮。探险队员们也一反往日的平静，兴奋地连连感叹：南极难得有这么好的天气。

欺骗岛的得名有两种说法：一种是说整个岛从外观上看，就好像是一个整体，并没有入口；而事实上，这里的入口很窄，并且，一旦有大雾或涨潮就根本找不到这个岛，只有进去以后才会发现里面有另一番天地，所以很具有蒙蔽性。另一种说法是，19世纪初，探险者来到这里，都想进入海湾避风休憩，但是没有想到入口的海面下有众多不可预测的暗礁，表面上的安然蒙骗了船员的预判，他们因

此而把它称作欺骗岛。

在美丽绝伦的欺骗岛听见内心的声音

欺骗岛真是一个美丽绝伦的地方。

当我独自站在船头，静静地凝望暴风雪后碧空澄澈的天，它是那样的透明与洁净。此时的岛屿、海洋、天空，整个南极就像是一幅被按下停止键的画卷铺展在我们的面前。

远处，雪山静默，蓝天、白云、阳光共同装扮着这个天堂般的世界，蓝色、白色、黑色写就了南极最为沉静纯粹的色彩。屏住呼吸，你可以聆听到洋面下企鹅滑动水波的声音，看见一圈圈的涟漪荡漾开来，甚至内心的一丝波动都可以被敏锐清晰地捕捉到。这是一种怎样的宁静与沉醉？！在世界最后一片净土上，任何一个人都会安静沉淀下来，与大自然尽情地连接与吸纳，感受这片天与地、你与我之间的融合与同在。

此时此刻，自然天地的大美亦将我内在的自我完完全全地打开来，我与自然、与天地同呼吸，同命运。

行走在狂野壮丽的欺骗岛上，领悟天地最大的创造力在两极之上

登上欺骗岛，在这座拥有至少75万年历史的活火山中徒步，宛若在时间的长河中旅行。走入黑色的火山岩浆口，看过开天辟地、独一无二的地貌，联想起它最后一次喷发是在1967年至1970年之间，平均35年就会爆发一次，那现在已进入喷发的时

间段了。

当几十万年的活火山与几十万年后的我们相遇，大自然的狂野与单纯，澎湃的创造力与极致的静谧之间形成了完全对立又绝对完美的合二为一。把最为对立的两极彼此融合，或许就是大自然最为伟大的创造，也是生命初始的力量。什么叫作创造，什么叫作和谐？不是一切都有唯一正确的标准，没有。在两个对立、两极之上的统合与整合的力量，那才是创造，那也是最为强大的生命原力，它存在于万事万物之中。

走下欺骗岛，我们启程回航。30分钟后，我们已然穿行在飘起浮冰的洋面上。船上的摄影师告诉我们，她曾来过欺骗岛10次，连这一次在内只有4次成功进入。既安全登陆完成徒步，又喜见浮冰凝结，还在冰封前驶离峡湾，是我们经验丰富的船长专业又精准的判断与计划，才有了此次震撼人心的完美旅程。感谢所有的幸运！

24 净化冥想
JINGHUAMINXIANG

心想的力量无穷大。

——净空法师

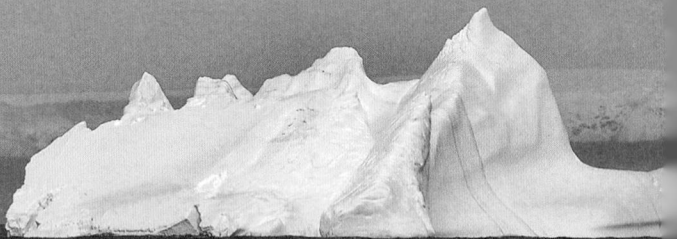

海上航行的日子，单调却不寂寞。通常，我会跑到甲板与阳台上去看海。看海在不同天气条件下的颜色变幻，看太阳在洋面上洒下钻石般的光芒，感叹日出日落时绚烂的霞光，惊喜于海中无法预期却突然冒出头来的极地动物。这样的情境，于我而言，永远都充满着好奇。即便随海浪上下起伏、颠来簸去，也好似在享受另一种生活、另一种状态，蕴含无尽的惊喜。

这里是世界上最纯净的所在，这里的天、海、冰时时刻刻都在向我们讲述纯粹与宁静的故事。

这是一个适合冥想的地方。

那一天，在船只即将驶入寒冷的南极海与较为温暖的亚南极海的交汇处，我们团队中的四个女孩在凌晨凛冽的寒风中，朝向海天，开启了净化身心的冥想。汲取南极至纯、至净、至阔、至美的高能量，轻轻卸除掉我们身心的限制，与广阔开放的天地完全相连。

那一天，我独自站在船头，眼望海洋环绕的欺骗岛，吸纳眼前静默的雪山、轻云、大洋与纯蓝如洗的天，将所有的沉醉与宁静吸入体内，将焦躁与彷徨不安释放于天际。在一呼一吸之间，在能量的交互之间，我与欺骗岛、与海天融为一体。

　　那一天，站在澄澈的冰山之前，想象着从冰山流出的净化之水与纯净微粒一层一层地冲刷掉身心累积的沉重，重回清净与通透。

　　其实，在我们的生命里，有一种美好不需要外在帮助，却同样丰盛充沛。它是发乎于内在而生出的充沛满溢的无穷无尽的泉源。它，就是与天地相融的"一"的力量。

25

大气豁达的"天使"——
Amei 姐

> 未来很美，一路向前。
>
> ——Amei 姐

第一次见到 Amei 姐，是在香港机场。她在微信里呼叫："你们在哪里？""没有我们，只有我。"我回道。于是，我与她相见了。她是我遇见的第一位南极团友。

从香港至布宜诺斯艾利斯的飞行时间有 30 多个小时，Amei 姐在出发前向旅行社申请了升舱，收到的回复说，需要在柜台操作，旅社不予办理。于是，我就陪 Amei 姐一起来到航空公司柜台询问。结果却被告知，通过旅行社购的票，升舱必须通过旅行社而无法透过柜台办理。Amei 姐立即向旅行社告知了问询结果，却没有收到旅行社的答复。看上去，这件事情陷入了僵局。在一旁的我，起了情绪，认为旅行社失责，不负责任。却没想到，Amei 姐一脸平静，只说了两个字："放下！"还笑着说，"现在我们可以在飞机上坐一起了。"我非常疑惑，明明是旅行社失责，还带着推诿，

嘎玛梅朵 113

她怎能做到如此心平气和？！她告诉我："在这件事情上，我们已经尽力了，此刻事情依旧无法解决，那就接受，放下吧！"随后，她立马与我一起办理了经济舱的值机手续，就像压根没发生过什么事一样。

她应对事情的态度让我对她产生了好奇。瞬间面对与放下的能力可不是人人都具备的，更何况更多的人不是放下，而是压抑。

在船上，她的左手中指被房门狠狠夹住，瞬间削去了一半指甲，血流不止，痛得她龇牙咧嘴。可是她并没有任何抱怨，竟然笑眯眯地为我们讲述起医务室帅哥如何细致地为她清创、麻醉、缝线，还手舞足蹈地描绘起帅哥如何为她在剩余指甲与肉肉之间穿针引线、打出一个漂亮的"蝴蝶结"，她的描述让我们笑得前仰后合又心疼不已。即使手指被裹得无法动弹，疼痛难忍，她也不愿放弃登岛游览，举着硕大的"白指头"，告诉医生，"我要登岛，我必须去，我决定了"。

穿行在半月岛的狂风暴雪中，不多久，手指的血就渗出了纱布，她倒好，依然投入与企鹅的亲密接触，一如往日地从容与平静。

透过她，我见识到应对人生中的不如意有更多一重选择，面对现况、接纳真实的发生、放下我们的无能为力，这会让我们始终平静，保有力量。

这样的心态或许与 Amei 姐的经历相关。而她，也同我们讲起了小时候的故事。

她出生在福建晋江，在她妈妈的观念里，男的是宝，女的是草，所以打小起她就承担了比哥哥们更多的家务活。从 11 岁开始，她几乎包揽了家里所有的杂事，工厂里的事情也什么都干。13 岁时，她跑去武汉卖鞋，是武汉那条街上众所周知的"小不点儿"。那段时间，她初尝了只要勤奋就会有收获的好滋味。再之后，她开起了店面做起鞋业批发，每天早上 4 点起床开店做生意，365 天风雨无阻，坚持了整整 6 年。她说，那段时光辛苦而快乐，她也赚到了人生中的第一桶金。在这之后，她又经历了数次不同领域的创业。如今，她是中国著名的天使投资人。

很有意思，人生似乎并没有给予她一个优渥的起点，但是她没有就此抱怨家庭与环境，她以容纳与努力之心，突破现实的局限，朝向自己的目标与梦想一直往前走，直到成就一个更好的自己。在南极，Amei 姐有一句非常动人的口头禅：怀一颗向善的心，我要去温暖全世界。

又一日，我们在咖啡厅做完分享，大家起身离开，桌上遗落着零食的果壳。Amei 姐站起来，用手将果壳堆在了一起，轻声说道："我们要把这里收拾干净，他们会欢迎我们再来。"Amei 姐常常说，没有人应该平白无故地对你好，你要带着感恩之心，以真心真情对待别人的付出。在我生日的那一晚，我喝醉了，Amei 姐、闻滢与王霞一直陪着我。Amei 说，她一定要等着和我一起回去。她总是这样，站在他人的角度，看见对方的需要，给出爱与温暖的支持。

听了 Amei 姐的经历，我常常在想：一个人之所以与另一个人有所差别，很大一部分原因，是源自于我们过去的经历。而我们对于过往经历的看法与选择，不仅造就了彼此间的差异，更决定了我们此刻的现实。每个人的现状都是由他（她）过往的人生态度凝结而成的，他（她）的人生观、价值观、生存理念等无不与他（她）的过往息息相关。而此刻，更为重要的，却是我们的今天与明天。我到底想要经历什么，我希望拥有什么样的环境与朋友，我期望过怎样的人生……我们现在的选择将会造就明天的现实。所以，如果我们想要人生改变，我们必须，并且也是唯一有把握的就是改变当下。只要改变我们的认知，改变我们对待人和事物的态度，更多地为他人、为这个世界献出爱，去做出我们向善向上的努力，那么，我们就一定会走上平静而快乐的道路，吸引更多更美好的事物来到我们的身边。从地球的原点出发，Amei 姐在南极留下的，除了她靓丽的身影，还有爱、友善与真诚的心所带给我们的感动与深刻的启迪。

26 圣诞节，满月夜，极昼日

> 大自然以其无穷无尽的生命
> 力充满了一切空间。
>
> ——歌德

度娘说：当太阳都在地平线以上，也就是全天 24 个小时都是白天的情形，这叫作极昼。也有人说：当太阳一直不会落下，始终沿着地平线绕圈，全都是白天，这叫作极昼。还有人说，南极的极昼，从日落看到日出，也就在 2~3 个小时之间。

我们的船越往南航行，不仅空中的云层更加变幻莫测，天也暗得越晚。昨晚零点入眠，我看了一下天色，竟然还未全黑。在冰与水的世界里漫游，白天无限延长，难道真的日不落吗？极昼，它到底是一种怎样的体验？我越来越对极昼这一奇特的自然现象充满好奇。

原本，我并未打算彻夜不眠，可

就在南半球圣诞节的满月夜，探索神秘的极昼白夜，从南设得兰群岛进入南极半岛一路的追寻，令我完全遗忘了这竟然也是发生在地球上的一幕。是的，这是我从来都没有见过的奇妙的一晚……

好似哥伦布第一次见到新大陆时的兴奋，我把那一晚的所见记录了下来：

12月25日晚上10：09，晚霞将雪山映射成壮丽的金山，又层层浸染成玫瑰红，放眼望去，美不胜收。

晚上11点，日落结束，天还亮着。

12月26日凌晨1点，昨日的晚霞依稀、未褪尽，天色阴沉而明亮，完全没有要黑的趋向。1：15，天似乎放亮了一些，橘红色的晚霞依然漂浮在地平线上。密集的白云好似厚厚的毯子盖在了海面之上，触手可及。

凌晨2：30，朝霞升起，天更亮了。

日月同辉，日夜同在，极致的南极，呈现极致的美。南大洋中，还有许多企鹅在畅快地冲浪。

凌晨3点，太阳出来了。极目远眺间，南极大陆的冰面上覆盖着茫茫白雪。巨大的平台状冰山一座连着一座。这种冰山是南极所独有的，它们的顶部非常平坦，面积较大的平台状冰山甚至可以作为直升机的停机坪。洋面上漂起的浮冰泛出蓝宝石般晶莹剔透的光泽。

凌晨4点，阳光肆意，南极大陆的座座冰山，美到无与伦比。酒保Alics突然出现，我们兴奋地聊天、拍

照，共享南极之美。

凌晨 4:45，天大亮，无数剔透的"钻石"抛洒在洋面，熠熠生辉，璀璨的海洋宛若仙境。

凌晨 6 点，天气好极了，云层压得极低，仿佛从头顶划过。船长的操控技术相当了得，绕开浮冰区，我们离南极半岛也越来越近。

那一晚，一个人的极昼，一台相机、一只手机、一件薄羽绒，一双好奇的眼，一颗欢喜的心。要说最为惊喜的，还是见证了进入南极半岛的整个过程，所有一切……天空、霞光、海洋、太阳、月亮、冰原的转变，神奇又美得令人无法形容。茫茫大海渺无人烟，仅仅是站着、看着，都会被大自然绝美的创造力与真诚感动到哭！感谢、感谢这上苍的恩赐！永远的 24 小时，永恒的冰雪星球。

27

对立，亦是和谐；
对立，亦是合一
DUILI, YISHIHEXIE; DUILI, YISHIHEYI

自然也追求对立的东西，它是用对立的东西制造出和谐，而不是用相同的东西。

——亚里士多德

对立，是和谐的

圣诞节满月夜，在南极体验极昼。

凌晨3:30，一个出乎意料的场景出现了：昨日的晚霞尚未完全褪去，今日的朝霞已然升起。在同一个时间点上，在一幅画面之中，深夜与凌晨、黑暗与光明、晚霞与朝霞、夜与日，所有的对立在同一时刻同存共在。

这个场景深深震撼了我！此前，我从来没有见过这样的情境。晚霞与朝霞怎么可能同时出现，大自然中的相反面与对立面怎么可能在同一时刻同存共在？！可就在这一时刻，在这一幅完美共存的画面之中，我整个身心竟潜移默化地得到了最大程度的整合。

如果，大自然可以创造出对立与和谐共存的景象，那么，我们内在的对立与冲突为何只能二元对立，取其一方呢？它就有如阴与阳、刚与柔、喜悦与悲伤，为何不能共有呢？这些不断抛出的自我质问引发了我对自己根深蒂固的价值观的深刻反思。连生命都是由两种截然不同的能量碰撞产生的，那说明在对立之中蕴藏着澎湃的生命力，它，是和谐的。

此时此刻，曾经对立冲突的观念被完全打破了，对立和谐的信念开始建立。我重新构思与理解什么叫作和谐？和谐，并不是把万物消灭到只能有一个所谓正确的存在，和谐，是不同的物体、不同的状态在同一个时间内的和平共处。

再看南极，它也是一个极致对立与极致和谐存在的地方。在人类最难以生存的冰雪荒漠，却生活着我们看来最脆弱与可爱的动物——企鹅，它们以顽强的生命力与抗寒能力成为荒原的最非凡坚韧的生存代表。在已有75万年历史的活火山欺骗岛上，磅礴澎湃的创造力与静谧澄净的力量形成了完美的对立与统一。即便是大自然中最为寻常的大海，它也兼具容纳与破坏、平静与毁灭的力量。

对立，亦是合一的

那么，在更高的维度之上，是否具有超越两极对立的一个完美统合的存在呢？我看着霞光，继续追问自己。有，这不就是么？我扬起头，目光看在了晚霞与朝霞之上。晚霞与朝霞的源头都来自于太阳光照射时所产生的折射。回归简单的源头，它们就是一个，太阳光。各种霞光只是在不同的照射条件下呈现出的多样的表象。

的确，超越两级、超越对立，就是整合，就是合一。世界本没有对立，世界本就完美，站在更高的点上，看到的就是两极之源合一的完美。

所以，每一个事物至少拥有两种不同层次的存在：以存在的视角看两极，它们可以完全共存，没有所谓分裂的二元对立，不需要消灭其一；而当相反面、对立面存在时，它们很有可能就是同一个事物的不同面向，或者它具有完整与合一的状态。也就是说，当相反面彼此融合，二元便归于合一。这就有如一个人就是阴阳两面的完美合一体，无论是男人还是女人，他（她）自身就兼具了阴性与阳性的存在。平日里，我们在不同的场合、在不同的人面前，会呈现出自己更倾向于阴或阳的面向，自然的，我们并不需要消灭其中的某一面来表达自己。事实上，我们更需要的是阴与阳的和谐共处，我们可以让自己既脆弱又强大地存在，既温柔又有力量地生活着。

对立，亦是和谐；对立，亦是合一。在南极的极昼中获得几乎颠覆前半生世界观的自然法则与宇宙规律的启示，这是无比幸福的事，感谢南极！

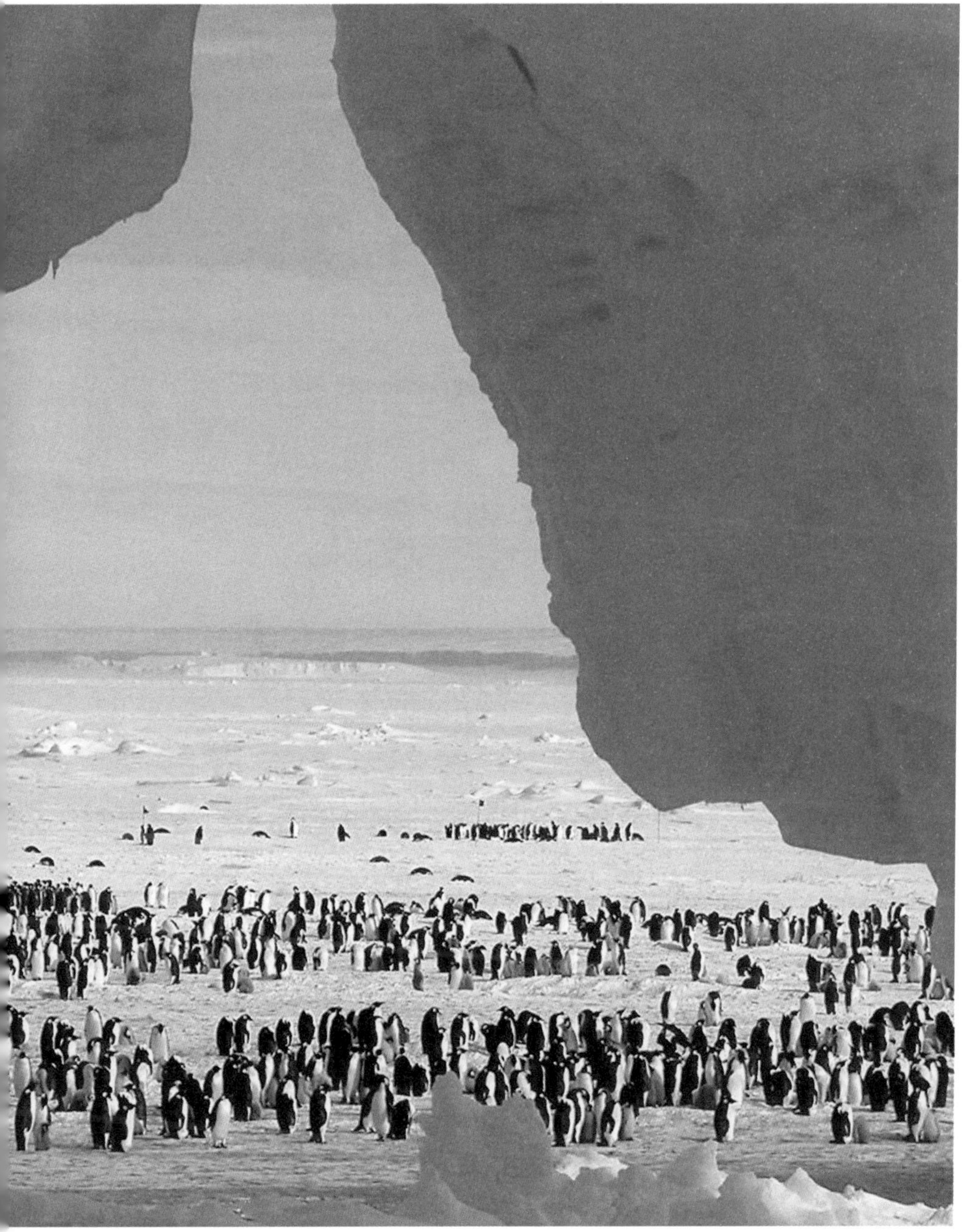

28

探险队长法国人 Jose
TANXIANDUIZHANGFAGUORENJOSE

梦想只要能持久，就能成为现实。我们
不就是生活在梦想中的吗？

——丁尼生

我们的探险队长是一位法国人，名叫 Jose，大帅哥一个，船上的很多女生都是 Jose 的超级粉丝。据说，他在 6 岁时看了一部关于虎鲸的电影，就喜欢上了这群大型团队杀手，非常想要学习鲸鱼。但是他的家乡法国没有鲸鱼，他就申请了全额奖学金，独自离开法国，去到加拿大的魁北克学习与鲸鱼有关的专业，一直学到了博士毕业。

他的研究课题、他的博士论文叫作《海洋生物中的水银残留》。他在研究中发现，南北极有非常多的海洋哺乳动物，比如北极熊、海豚、鲸鱼，它们的体内都含有汞。汞，也称作水银，它来自于人类在工业生产中排出的污水。含有汞的污水，通过河流，进入到海洋，伴随洋流，流经极地，进入了动物体内，但是这些动物却无法将水银代谢出体外。

我们都非常感叹，看上去南极离我们所处的环境是如此遥远，而且被海洋环抱，像是一座孤岛，但是人类的生产生活却对极地产生着巨大的影响。不论是含有汞的污水对极地动物健康的侵蚀，还是工业污染、温室气体排放，它们对于地球的影响与变化每时每刻都在发生。

地球是万物的家园，地球上的万事万物之间存在着看似微小却无所不在的关联。

联想起我看过的一份报道，科学家从海盐中提取到一种塑化残留，经研究，它来源于人类在牙膏、磨砂膏中加入的塑料微粒。这些塑化成分经

污水排放，被海水吸收，成为海盐的成分之一，最终，通过人们食用的海盐，它会进入人体，但是科学家也无法预估这会对人类的健康产生怎样的影响。瞧，人类是无法在地球上独善其身的，不是吗？作为自然循环中的一分子，我们对待自然的态度，自然也将回报到我们的身上。

在大学做了几年教授之后，Jose离开学校，开始研究动物治疗。他专门去红海学习了怎么将海豚与海豹用来治疗小孩的抑郁症或自闭症。他说，如果你看到瞪着无辜大眼看着你的海豹宝宝，你会觉得非常奇特，这是人类与动物之间特别的情感，而它是非常具有治愈效果的。

近几年，Jose时常来极地探险船上做探险队员，做了几年队员后，他担任起队长之职。

身为探险队长，他是如何定义"勇气"的呢？Jose告诉我们：勇气，就是知道什么时候说"不"，知道自己的底线，知道自己的局限在哪里。他说起了一个故事：有一次，他带一船人到了南极，那天有登陆计划，但是遭遇风暴，根据当时的天气，下一秒的变化是完全无法预估的，对于游客的安全也无法完全控制，所以作为队长的他必须做出一个决定——不允许大家下船。虽然做出这样的决定非常艰难，但是在需要说"不"的时候，就必须要坚定地说出来。

打小起，Jose就是一个完全追随自己的梦想一直往前走的人。他对中国孩子的最大期望，就是希望孩子们一定要有梦想，有大大的想象力，对未来始终充满希望。

29

登上南极大陆
DENGSHANGNANJIDALU

你已经在世界的最南方了，那么未来无
论你朝哪个方向走，都注定是北方。

——《南极大冒险》

　　在一路璀璨的阳光的守护下，12月26日，我们真正踏上了南极大陆广袤的冰原，登陆了南极半岛的顶端——布朗断崖。

　　布朗断崖，坐落在南极半岛的东北端。这是一座具有特殊地形、极富特色的断崖，最高处有745米，形成于70万年前冰川地壳下的一次火山爆发。而这里，也是20000对阿德利企鹅与600对金图企鹅繁衍生息的地方。

阿德利企鹅是我们此行见到的第六种企鹅，它的名字是极地探险家皮蒙以妻子的名字命名的。这种企鹅非常容易辨认，在它们黑黑的小脑袋上，长着一对被一圈白色羽毛"画"出来的贼溜溜的小眼睛。

阿德利企鹅非常忠诚专一，或者说，对它们中的绝大部分而言，在3年的时间内它们会是忠诚的一对。但前提是，它们的后代可以成长到自己下水捕食，独立生活。如果小企鹅因没有食物吃而饿死，或因天气变化而冻死，或被天敌捕食，雌企鹅都会在来年再寻找一个新的伴侣。

大部分的企鹅会群居在一起，在海岸线很高的地方筑巢。因为筑巢的地方会是冰雪最早融化的地方，最暖和的环境才有利于企鹅顺利与安全地哺育下一代。企鹅的肚子下面有一个凹陷，凹陷处是藏蛋的，也是保护小宝宝用的。但是，有的时候，蛋会孵化不出来。

企鹅一般的寿命是20多年，除了王企鹅与帝企鹅之外，它们一次会生2个蛋，如果看到有3个的话，那很可能有1个是领养来的。

1年之中，有8个月的时间企鹅都在海里生活，只有夏季的4个月，它们才上岸繁殖、哺育。所以，这也让人们在南极的夏季，即当年10月至次年的3月，有机会实地且一览无遗地看到企鹅们最真实的生存状态。游泳觅食、梳理羽毛、叼石筑巢、孵蛋、养育宝宝、吵闹、鸣叫、排泄、偷了邻居家的石子后急急往自家赶……再过2~3个月，许多小企鹅会出生，这里又会成为冰雪世界里最富活力的企鹅幼儿园。

海岸边，阿德利企鹅成群结队，热闹非凡。它们正在往一处聚集，就好似有一个地方是大家商定好相约一起游泳或跳海的一样。等几十只、上百只都到齐了，一只企鹅一声令下，率先跳入南冰洋清凉的海水，企鹅们便一个挨着一个依次入海。而下一波，照样要集聚到一定的数量才入海。看着它们摇摇摆摆排着队，却秩序井然地往返海上、岸边，它们黑白相间的萌模样，可爱极了。

悬崖的高处，我们竟然还见到了南极大陆的天使、南极的原住民——南极雪燕，这是一种罕见而美丽的鸟。

一个小时的登陆时间转眼就过去了。回程时，大家都显得非常留恋，不舍离去。今天是我们南极旅程中的最后一次登陆。我呼吸着清新的空气，眺望连绵的冰山，被到处流窜着的憨态可掬的企鹅逗乐，遐想着这群极地原住民在秋冬寒冷的挑战中存活下来的不易，一切都是如此的自然、和谐、友爱。摁下最后一次快门，我也将这所有的一切定格在眼睛里，印刻在身心永远的记忆库中。

30

万物相连，万物一体

生命的逍遥之境，不是人的生命凌驾于万物之上，而是用我们的心与世间万物相勾相连、水乳交融。

——于丹

南极，这是一个与其他旅行地非常不同的地方，由于人类并不是南极的主人，于是当我们去拜访企鹅家园、海豹家园时，我们都会带着尊重与平等之心上岸游览，与它们相处。这种感觉非常奇妙，就好似作为个体的人类与地球合二为一，我们融入了万物之中，地球成了我们的母亲，我们回到了生命本真的状态，亦感受到与其他存在之间紧密的连接与彼此间的爱。反思人类的世界，我们与动物同根，我们的本源都从地球而来，却不知从何时起，人类把自己当成了地球的主人，并决定起地球的命运。但是地球自有其运作规律与平衡法则。近十几年来，人类的工业生产与日常生活所造成的对地球环境的破坏日益凸显，虽然南极远离其他大陆，更有海洋相隔，但是环境的破坏与全球变暖、温室效应还是对南极的食物链、冰川、动物等生态带来了深重的影响。

南冰洋中有超过三亿吨磷虾，它的总重量超过了地球上所有动物的总和。它几乎是所有南极动物的食物。全球变暖对于整个极地生态的变化与影响是非常快速和剧烈的。温度的上升，哪怕只有一摄氏度，也会导致大量的海冰减少。海冰减少，海冰下生存的浮游生物与海藻也会大大减少。随之而来的结果是，倚靠食用海冰下海藻赖以生存的南极磷虾数量也大为减少。于是乎，处于南极食物链顶端的鲸鱼、海豹等大型哺乳动物，将会成为最终的受害者。全球变暖，正在杀死南极磷虾，从而杀死南极的所有生物。

就在此刻的南极与北极，存在几千年的巨大冰块正在碎裂融化。而这里所发生的变化，在极地冰原以外的其他地方同样也可以感受得到。这些变化对极地动物又有着怎样的影响呢？对于北极熊而言，随着冰面融化逐渐加速，北极熊的捕猎机会也会越来越少。这样的情形对于小熊的打击会更大，陆地上没有什么可以吃的，小熊需要等待再次结冰的时间，等待的时间越长，它们死亡的几率也就越高。

南极与北极或许听起来无比遥远，但是在全球变暖的进程中，这里正在发生的事情可能对我们人类产生更大的影响。如果北极地区的海冰继续消

次旅程中，带给我们最深刻的反思之一，就是我们与地球的关系、我们与自然的关系、我们与地球上其他生物之间的关系到底是什么？所有的关系都是息息相关，紧密相连的。当我们把地球当作我们生活的整个版图，并

失，就会使全球气温上升得更快，足以威胁到几百万甚至上千万人生存的家园。人类是否已经准备好应对这些发生在冰封世界以及已波及我们周围的变化了呢？！

这是一个万物相连的世界。在这

以此来思考人类问题；当我们建立起万物相连、万物一体的世界观与价值观，人类才有可能有更长远与开阔的视野，以新的眼光去面对万物。尊重自然，才会带来真正恒久的人与自然的和谐关系。

31

26 岁 "众筹女孩"——姚松乔
26SUI "ZHONGCHOUNVHAI" ——YAOSONGQIAO

让地球妈妈永远年轻美丽。

在航程接近尾声的时候，一个叫"松松"的女生向我们分享了她的经历与故事。

我认得她。我与她的第一次交集，发生在来南极之前。我看到朋友圈中有一个"9岁的我带你去南极"的众筹项目，她希望众筹人民币10万元获得去南极的旅费，继而将南极之行的经历、采访与故事制作成中英文绘本，并以组织夏令营的形式，向全球2048个孩子普及南极知识，使他们在2048年《南极条约》失效之后还能保护这片白色大陆。当时我也为她捐了款，为了她的希望与梦想。

此刻，她开始介绍起自己：我叫姚松乔，今年26岁，出生在山东东营。高中毕业时，从东营考到上海，后又以全额奖学金考取了美国曼荷莲大学。大三时，交换至德国联合国环保部门学习。从那时起，我儿时对环境的关注与保护意识被重新唤醒，于是我与他人一起建立了中国的河流保护项目，

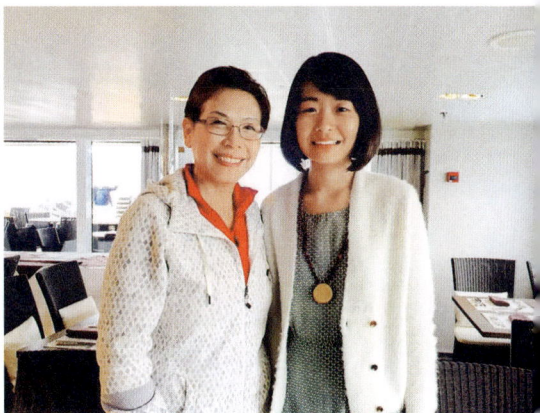

在怒江边开展河流保护的课题研究。之后，我又考取了英国剑桥大学，拿到地理专业硕士学位，论文写的是北极的环境治理。同时，还拿到了思科奖学金，成为全球拿到这个奖学金的首位华人。再后来，我考取了牛津大学商学院的MBA，现在读，有志于从事环保的工作和教育。

她看上去就像是一个普通的小女孩，很难将她丰富的经历与青春清雅的脸庞联系在一起。

来到南极，她比我们任何一个游客都要忙碌，几乎全程关注2048年《南

极条约》到期后的南极环境保护问题。她争分夺秒地采访工作人员与科考队员，参与各类交流分享会。不仅如此，她还用自己的专业能力与巨大的热情为大家提供服务，担当讲座的现场同声翻译，帮助大家了解南极各个领域的科普知识。

这一路，我们被她的勤奋，被她旺盛的求知欲，被一个女生心系地球与环保的大胸怀所深深感动与影响。回来后，我们又纷纷投入她的英文绘本出版的众筹活动。她曾说：中国环境有非常大的危机，全世界 4 万个水电站，有 2.5 万个在中国……她想把环保与商业价值结合在一起……她正在思考如何影响来过与没有来过南极的人，推动他们能有所改变。事实上，她在南极的行动已经改变了我们很多人对地球、对自然环境现状的了解，促进我们反思自己与地球之间的关系。

2016 年年底，她以第一批女性科学家的身份再度探访南极。作为中国唯一的参与者，她将与全球的女性科学家们一起探讨如何回到我们的本心，如何像对待自己的家园一样对待地球母亲。

我支持她，我相信她必定会成为一个服务于地球与环保、对自然与人类身心健康带来巨大影响和改变的人。加油，松乔！

32 活着，就是我们存在的理由

HUOZHE, JIUSHIWOMENCUNZAIDELIYOU

人是生而自由的，却无往不在枷锁之中。自以为是其他一切的主人的人，反而比其他一切更是奴隶。

——卢梭

在现实生活中，我听到许多人（包括曾经的我）说，我很迷茫，我不知道自己为了什么而活着。我们似乎很难感受到一种叫作"存在"的东西。而在我的观察中，很多时候，我们的存在似乎是基于附着在我们身上的身份、地位、金钱、权力来定义的。如果我没有了身份，失去了地位，财富又少，权力更是没有，还得不到他人的关注，那么我到底为何而活着呢？我似乎一下子失去了存在的价值、意义与理由。

但是在南极，作为一个探索地球的旅人，我反而拥有着充沛满溢的存在感。当我去观察每一只企鹅、每一只海豹、每一只海鸟，我发现它们都非常鲜活，而且具有极为深厚的存在感。

作为高等生物的我们，当然比企鹅要智慧与复杂许多。但从本质上讲，同为地球的生物，我们的第一个属性是动物性、自然性，是与自然的连接，与地球的连接，与大地、天空、海洋、森林的连接。当我们的内心与我们所赖以生存的地球有爱的流动，我们拥有丰沛的感知与体验，那么我们的生命力与"脚踏实地"的存在感将被完全唤醒，这是一种生存本能的召唤，也是感知力的存在。

存在感与连接有关，存在感的核心就是连接。当我们完全投入地与万事万物连接，就会带给身心最大的满足，所谓的欲望根本没有停留的必要与空间。而这，也就是当下。

大自然就是当下的。当我们打开所有的感官，有力量开始探索与改变，我们就会进入大自然的频率里面，大自然会将我们带入此时此刻，带到真实的存在里，这是超越观念与知识的层次。

大自然昭示的是宇宙的运行法则。我们去看、去听、去感受，去得到那一刻最触动自己的片段或画面时，每一个当下都可以给予我们绝大的勇气与启示，也可以为我们打开新的视野与高度、广度。这时，我们再重新回头看我们的处境与想要解决的问题，我们对它的感知已完全不同，它对我们的影响也已经改变。这是当下带给存在的更美的意义所在。

将我们的直觉敞开，将我们的心敞开，我们的生命之花就能丰盛地绽放。当我们唤醒作为生物的本能，与生命之源，与每一个存在之间深刻连接的感受会让我们拥有澎湃无比的存在感。这个时候，活着，就是我们存在的理由。

下面这首黛青塔娜的歌，我很喜欢，送给热爱存在的人们。活着很美，好好享受！

当你诚实地面对心灵

你将拥有无穷的能量

爱的力量的洋溢

信仰的魔力

智慧的指引

诚实地面对内心

沿着心中所指的方向坚定不移

一直在路上

那些应该自由自在

与我们共存的生命

引你穿越悲喜的迷雾

回归自然的天性

唤醒与天地和好的力量

在这个世界上最自由的就是我们的心

它被赐予了翅膀

就像鹰一样

跟着它尽情地飞翔吧

33 探索大海的奥秘

TANSUODAHAIDEAOMI

真理的大海，让未发现的一切事物躺卧在我的眼前，任我去探寻。

——牛顿

这些都是我拍摄的海的照片，每一天的海，都不一样。可是，它们都称作"海"，它们却又如此不同。

在南极旅行的 15 天，每一天我们都在海上，无时无刻不与海浪相处。我从对大海的抗拒，转而怀着好奇在大海中遨游，继而探索大海的奥秘。最终，我敞开心，向大自然的使者——大海学习。

我们到底可以向大海学什么呢？

向大海学创意

每一秒钟，海浪的颜色、纹理、造型、质感与波纹都不相同，宁静时的海浪声与奔腾时的海浪声也完全不同。我们可以在观看海的每一种面貌、听海的每一个声响、对海的每一次体验中去寻找灵感，让大自然来延伸我们的想象力，达成我们新的创意。

向大海学纷呈

同样称为"海"，海却拥有各种各样的面貌——它时而狂风大作，卷起滔天怒浪；时而风平浪静，泛着圈圈涟漪。它的沉静与狂放，它的可以让冰川崩塌的破坏力以及可容纳万物的包容力，使你可以看到海有着成千上万种不同的可能。

大海，它并没有固守一个形象，

它有很多面，就如世间所有的存在具备无以限制的创造力。同样身为大自然一分子的我们，为什么不能让自己也拥有多种面相？为何只能固守在某一个形象中而不能将自己的精彩纷纷展现出来？！任何事物都是多样的，人也一样。如果可以容纳自己的一体多面，我们内在的整合与和谐就会建立起来，我们的心灵也会因此而变得如大海一般宽广。海是多面的，万物是多面的，人也是多面的，让自己拥有更多的选择，自由便唾手可得。

向大海学顺势而动

海，具有剧烈的变动性，它的下一秒，从来都无法预估。

刚上船时，我抗拒海浪，抗拒海浪晃动时带来的晕眩。到后来，我发现可以顺势，借助于海浪的摇摆，跟随海浪的律动收获清醒与安宁。

变化是常态。若把人生比作大海，人生绝不是一条笔直的地平线，它更像是随时变动的海浪，有时浪高风大，有时风平浪静，有时暗流涌动。不如顺势，随浪之起伏，借浪之势，顺势而动。

向大海学格局

海开阔广大，包容万物，如同包容大地的子宫，充满爱与弹性。海有很大的承载力，承载肮脏与不完美，承载海洋中所有的生物与它们的生死、悲欢、离别。海永远充满惊喜、宁静、微涌、狂放、沸腾，姿态万千。海在一瞬间就能变换一个形态，或是冰，或是洋，或是汽，它随时都在变化。

若将自己化身为海，与大海融为一体，将海所有的品质汇集于一身，那么，我们也将拥有如大海一般极富广度的大格局。

向大海学品格

海浪的品格，就在于无数次被礁石击碎，却又无数次扑向礁石，永不放弃，永不言败，永远都蕴含顽强而不可战胜的生命活力。

大海，堪比万事万物，它在向我们揭示宇宙的运行法则。在无边的南极，我们探索大海的奥妙，顺应天道的力量。

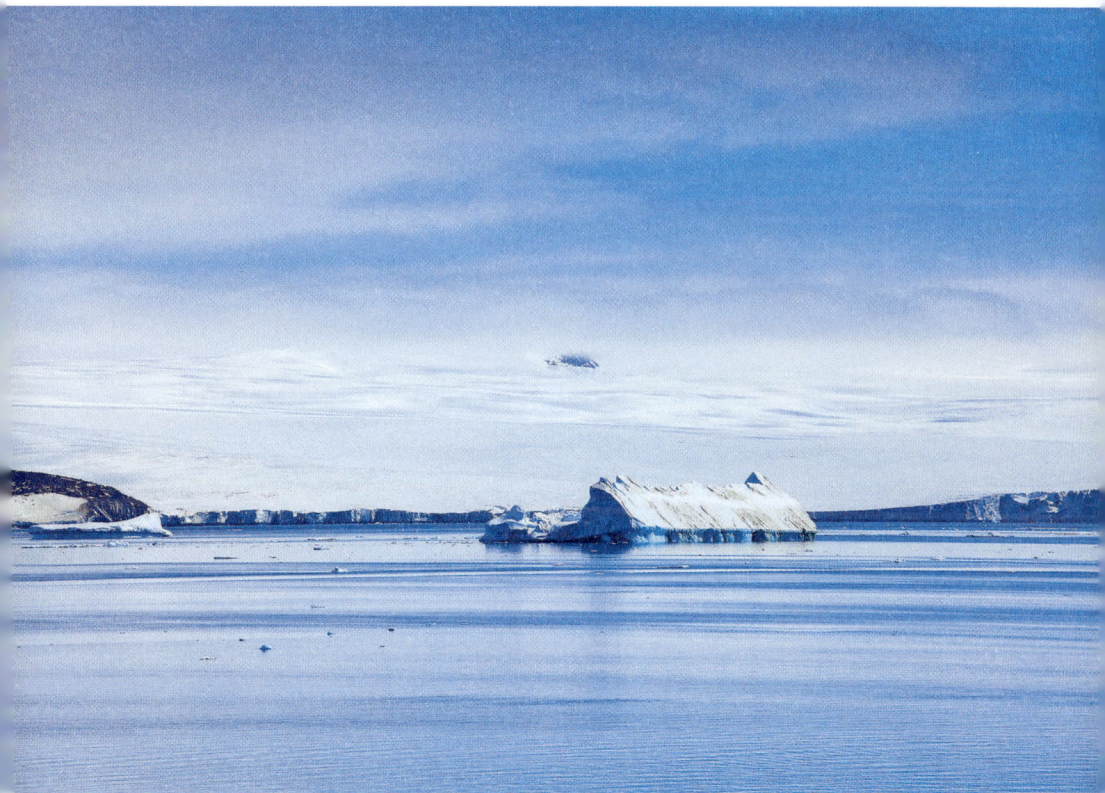

34 天堂之美——威德尔海

TIANTANGZHIMEI——WEIDEERHAI

天地有大美而不言，四时有明法而不议，万物有成理而不说。

——庄子

  驶离布朗断崖，12月26日午时12点20分，我们的船进入了位于南极大陆顶端的南极海峡。这里的海域常常被浮冰覆盖，我们的轮船不具备破冰功能，自然不能进入，除非天气与海冰为我们打开幸运之门。这次的航程几乎幸运到要啥有啥，今天，我们也意外顺利地进入海峡，游荡在世界最冷的海域——威德尔海。

  海面上，飘浮着大大小小形状各异的冰山。穿行在南极海峡与威德尔海之间的浮冰区，我们每一个人都被无边的宁静与纯粹的美景彻底打动了。在至纯至净的蓝与白、天与地、人与自然间，竟然可以如此地简单到极致、纯净到极致、壮阔到极致、大美到极致、宁静到极致，仿佛时间在这一刻，彻底停止……

　　12点43分，船长室播报，通知大家在15分钟后到甲板聚集，船头右舷方向13点有虎鲸在围捕猎物。这是多么惊心动魄与难得一见的场景！可是……即使我们的眼睛好似雷达一般扫描许久，也未寻到一丁点儿鲸鱼的影子。直到10分钟后，广播继续播报，这一次更加直接：请大家不要吃饭了，去看虎鲸，有好几组，还有一头座头鲸在浮潜。于是，船头堆满了更多的游客。

　　大家纷纷寻觅起鲸鱼的踪影。终于觅到了……透出蓝宝石光泽浮冰的正前方，有5~6头虎鲸在游荡，右舷也有两组，不多久左舷也出现了一组虎鲸。大家激动万分，只是没有瞧见它们猎捕的场景，大家不断在那里猜测。

虎鲸是团队协作的高手，它们会组成扇形来寻找食物，海豹、企鹅都有可能成为它们的目标。捕食时，列队游泳的虎鲸常常会排成一排来造浪，待激起的一阵阵波浪将猎物冲下浮冰后，它们再进行猎杀。

座头鲸也出现了，露出了它标志性的三角形背鳍。深潜入海之前，它又将它的尾鳍展现在洋面上。探险队员告诉我们，每一头座头鲸尾鳍的形状与花纹都是独一无二的，所以可以透过它们的尾鳍辨识出每一头鲸鱼。它们的社会结构由母亲和孩子构成，母鲸会带领小鲸鱼11个月左右，在此期间，小鲸鱼会一直跟随母亲学习生存的本领。

在几块大大的浮冰上面，数十只企鹅悠然自得，"摆着萌谱"。一见我们前来，它们哪儿见过这庞然大物，惊惶失措地逃到浮冰的另一头，仓皇跳入海中。还好，这里没有它们的天敌，它们依旧安全。

静静地看着、感受着……不知不觉间，我们抵达了此次航程的最南端，南纬64度。

回顾近半个月的旅程……蓦然回首，竟然发现除了见到震撼人心的美景，感受人与自然之间的平等、尊

重、和谐友爱的关系外，我的许多想法与观念在不知不觉间发生了巨大的改变。我知道，是南极打开了我内心更深处的觉知，唤醒了我最本真与纯粹的梦想，让我体味到我们与大自然之间的连接，以及我想要的人生到底是什么！

走出南极，它将会是我人生新的起点！正应了那句美丽的话：世界的尽头，一切的开始！

35

我们的船长 Olivier

WOMENDECHUANZHANG OLIVIER

虽然我们走遍世界去寻找美，但是美这东西要不是存在于我们内心，就无从寻找。

——爱默生

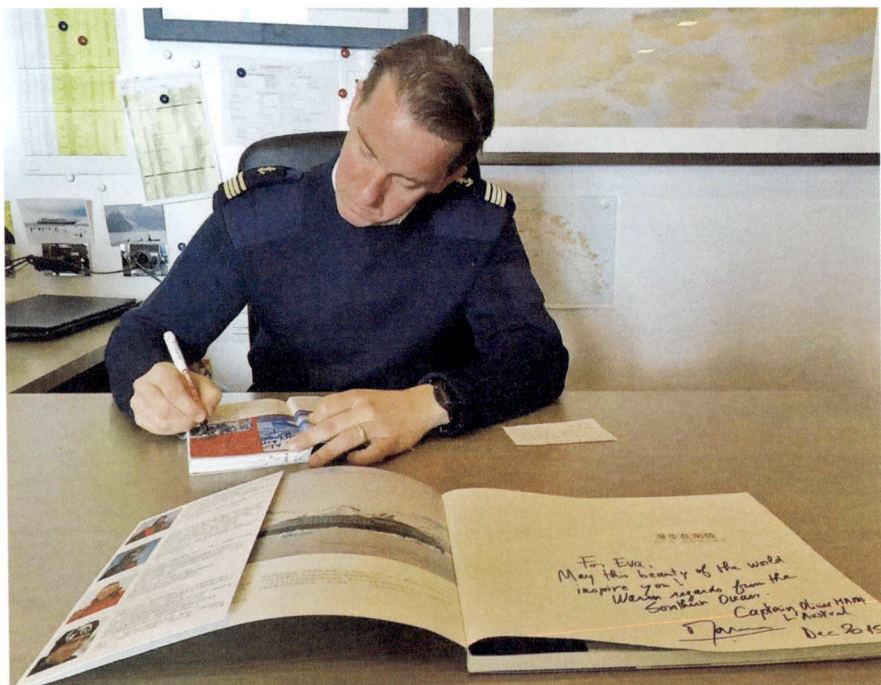

我们的船长是法国人 Olivier，他有着法国绅士儒雅的魅力，今年只有38 岁，却已经有了18 年的航海经历。从儿时起，他就非常热爱航海，并开始使用风帆航海，他的梦想是成为一位船长。而38 岁这个年纪，对于一位船长来说，也是相当年轻的。

在船长欢送晚宴上，Olivier 的一段发言令我们印象深刻。他说，我们是在非常艰难的地方航行，我们的工作人员离家数月，来到船上，用心做好每天的工作，我特别为我们的员工感到骄傲，作为一名船长，如果没有员工的话，那他就是最没有用的一个人。在这次航程中，我们有来自15个国家的155 位工作人员，还有来自21 个国家的222 位游客，其中，年龄最大的有87 岁，最小的只有10 岁。有许多人问我，如何去管理这么多人，秘密到底是什么？我现在告诉你们，我的秘密就是：我听不懂（他们的话）。

他的幽默与谦卑令很多人对他非常敬重。不仅如此，他还专程为船上的中国游客做了一段中文演讲，并因船上所有的工作人员在这次航程中都能登岛，与游客一起探索南极而感到满足与高兴。

当我们问 Olivier，作为一位船长，你感觉最困难的事情是什么时，他说，风暴，我遇到过；被困住，我遇到过；船失火，我遇到过；救人，我遇到过；乘客有医疗问题要马上改变所有的行程，我也遇到过……这些都不是最难的。最难的是管理船上的人与确保每一个乘客的安全。一条船，它就像是在大海上漂泊的小村庄，船长就像是村庄的村长，村庄里面有着各种各样的人。如何让这个村庄中的人们和谐共处是我最大的难题。所以，所有外界的，不管是天气还是其他的外在状况都不是最难的，这就像是在村庄中，你不会担心下雨或收成，而是担心人与人之间如何相处。

来这艘轮船之前，Oliver 在另一艘船上做科学航海的项目。那艘船只有 30 个人，并在 3 年的时间里进行了环球航行。他们在每一个海域提取样本做研究，每 3 周就会更换不同国家的科学家上船来做海洋研究，每到一个港口都会有当地的孩子到船上听科学家举办的知识讲座。那一次的征程就像是梦想一样的冒险，而做这个船的船长，则更像是自己的一份职业，一份工作。

"您认为前来南极的游客会对环境产生怎样的影响呢？"我们继续追问船长。船长回答我们，虽然每个人都有保护环境的意识，但是从很冷的南极半岛回来，我们就会忘记我们身处南极这件事情，我们会洗很长时间的澡，浪费食物，过着很奢侈的生活。作为服务的提供方，我们必须要保证有热水，所以，我们会带额外多的水与电力供给。

Olivier 也想告诉中国的孩子："我去过世界上很多地方，我觉得最美丽的地方还不是南极，南极可能排名第二，我认为最美的地方是法属的博洛尼西亚，太平洋上的这些岛屿都非常美丽。当然，虽然我看过全世界最美丽的风景，但是我自己的家乡法国也是很美丽的地方，并不是说，我看过世界上那么多美丽的地方，法国就变得不那么美了，法国依然是非常重要的。其实，中国有非常美丽的名山大川，对于中国的孩子来说，他们不需要都去南极，不需要游遍世界，才会产生对大自然的热爱、对自己家乡的热爱，我们不需要去过南极才可以保护自然，我们在家里就可以保护自然。"

这就是我们的船长 Olivier，一个怀有赤诚与赤子之心的法国绅士。

36 探险队员与国际南极旅游经营者协会（IAATO）

TANXIANDUIYUANYU IAATO

人类在进化的水平上，他根本不是万物之冠，

每种生物都与他并列在同等完美的阶段上。

——尼采

我们船上的 12 位探险队员，由来自世界各地的专业人士共同组成。他们自身就是科学家，包括生物学家、海洋动物学家、野外探险家等多个领域的专家。除了探险队长法国帅哥 Jose、重走沙克尔顿远征路的英国老头 Trevor，还有几位的经历也很不简单，他们向我们道出了更多来自于南极的信息。

探险队副队长 John，美国人，是一位天文物理学家。20 多年间，他来过南极 80 余次，担任过多次探险队队长。

当我们向他了解关于南极，我们到底知道什么，不知道什么？他说：我们不知道的简直太多了，我们甚至都不知道一只信天翁如何飞行这么长的距离，它是如何迁徙的。

虽然我们已经有了许多的研究与知识，但是对于生物的奥秘、对于海洋的奥秘，我们有太多所不了解的。现在，人类也在透过南极进行外太空的研究。美国的 NASA（美国国家航空航天局）在南极挖了一个长、宽、高都是 1000 米的立方体来观察底下的生命。看上去，南极好像在冰面或海平面底下不存在任何的生命活动，也没有任何生物的存在，但是经过观测，NASA 的人员发现这里完全是一个奇妙的世界。现在人类所发现的木星、火星等几颗有冰雪覆盖的行星的地面下，很有可能有非常多的生命活动是我们所不了解的。所以，南极在很大程度上也是人类探索外太空的一个视角。

这些年，在 John 来往南极的过程中，他发现每一年冰川的雪线都在下降，海面上的浮冰在不断增加。浮冰的增加也说明冰块脱离南极大陆、全球变暖、温室效应对南极的影响越加明显。

探险队另一位副队长弗洛伦斯是一个荷兰女生。此前，她在南极大陆的英国科考站工作，主要研究企鹅，她做了很多企鹅的保护工作。

提及科考站的工作环境，她说道，她们常常会经历暴风雪的天气，可是站里没有暖气，就只有一个小炉子，没有什么集中供暖或电力供暖，生冻疮是常有的事。她说，其实，人的适应能力是超出我们想象的，而且我们的祖先就可以适应极其寒冷与极其炎热的天气，所以过了一段时间之后就不会觉得冷是一个问题。科考站每天

的食物也非常有限，倒是有时候来到船上做个讲座，反而觉得船上太热了，船上的环境有点太舒适了。

她并不希望南极只是每个旅行者愿望清单中的一个目的地，到过了，便把它勾掉。NO，不是简简单单的人生清单上的一条线，而是你真的跟这个大陆上面的生灵产生连接，在企鹅身上学到不同的东西。去南极能为你带来不同的改变，这才是最重要的。

所有的探险队员，他们都怀着对南极深入骨髓的热爱与激情，不仅守护着我们每一次的登陆与巡游，更在船上开设各种专题讲座，让我们更多地了解南极。与此同时，他们也在为保护南极的生态环境，维护南极一如既往的纯净做出自己的努力。

到南极旅行，所有在南极的人员还必须接受 IAATO 指南的约束，做出对保护南极生态环境负责任的行为。该指南的主要内容包括：

不允许采集任何南极物品，也不允许留下任何东西。每一次登陆的最多人数为 100 人。登陆之前，需要用吸尘器把衣裤从里到外仔细吸一遍，避免不小心带来的种子和动物卵在南极掉落，这很有可能会改变南极的生态链，影响甚至可能毁灭原有物种的生态。

憨态可掬的企鹅非常逗人喜爱，谁都想抱抱它们，摸摸它们，或搂着它们照张相。但在南极，这是绝对不允许的。因为人类很可能将自身的病菌传染给企鹅，企鹅会因缺乏免疫力而致病，甚至死亡。所以，在这里有十分严格的规定限制人们接近野生动物的距离：与企鹅保持 5 米远的距离，与毛皮海豹保持 15 米远的距离，与象鼻海豹保持 25 米远的距离。遇到企鹅走过来，人要主动让路，严禁走在企鹅"高速公路"上。

在人类所掌管的大陆，我们都设置了一系列的规则来规范动物行为；而现在，我们则是为了保护动物与生态而遵从自己设置的诸多规定。很有意思，不是吗？

我很希望南极如百年之前第一位踏上它的探险家所见到的一样，永远都是那样的宁静、纯净，直到永远。

37

穿越德雷克海峡，回到乌斯怀亚

人生是跋涉，也是旅行；是等待，也是相逢；是探险，也是寻宝；是眼泪，也是歌声。

12月26日，离开天堂之境威德尔海，我们驶入了德雷克海峡，往乌斯怀亚方向行进。

晚上7点40分，海浪开始咆哮。晚餐时，浪头几乎打上了船上二层餐厅一半的玻璃，明显可以感觉到船体左右摇摆。天也渐渐阴沉下来，云絮絮地漂浮在空中，天与海仅一层之隔。在这样的天气中航行，我总会臆想：穿越至天的更高处，那里是否有另一个"楚门的世界"？

出发之前，我就听说过可怕的极地西风带——德雷克海峡。据查，德雷克海峡是世界上最宽与最深的海峡，也是最危险的航道，平均海浪可达4米，有"杀人西风带""魔鬼海峡""死亡走廊"之称。在船上，我也听闻，这片海域的西风和北部风力强大，穿越海峡时，刮起的狂涛巨浪可以将桌上的餐盘全部掀翻，大家都只有拿着餐具与酒杯，不能放手，才可以进食。我们不禁非常好奇，这会是一个怎样的情景，怎样的一番体验呢？大伙儿在经历了极度顺利与幸运的旅程之后，想要"享受"一番惊涛骇浪带来的激烈。

12月28日一早，广播里传来熟悉的声音，7点过后我们即将经过合恩角。我扒上外套，跑去阳台，看到在大片的雾气之中，一座山脉模样的陆地隐约可见。脚下的海浪比之前的浪头厉害得多，只不过与"数米高的海浪，让船上的人简直爬不起来，晕得得吃药"的期待相比，简直相差天地之远。这就是这帮幸运惯了的人们想要寻求刺激的那些小心思。

话说此"合恩角"可了不得。其位置正好位于南美洲的最南端，处于南大西洋与太平洋的交汇处。在巴拿马运河开通以前，古时的航海家必须绕过这个海角，才能从太平洋到大西洋。

此后，我们的航行趋于平静。晚上8时，在海上漂泊14天后，我们的船经比格尔运河回到了乌斯怀亚。

午夜时分，遥望灯光闪烁、美丽动人的乌斯怀亚小城，我难以入眠。我知道，走过这世界的尽头，我留下的，不仅仅是足迹，更是内心深刻的爱与生命的蜕变……

38 每个人看到的南极都不一样

**探索的旅程不在于发现新大陆，
而在于培养新视角。**

我们的心里有什么，看到的就是什么

南极游记写到这里，连我自己都相当讶异，我心中的南极原来是这样的。有人说，每个人心中都有一个南极。那么，你的南极呢？我相信你心中的南极一定与我不同。我们心中的南极，都不相同。

我们的眼睛像是一台带有过滤功能的相机，透过它，我们完成了对这个世界的视角、颜色、画幅与构图的选择。我们拍摄的相片，就成了我们所认为的这个世界的样貌。

2013 年藏历新年，我独自一人从

西藏拉萨搭车去林芝，徒步至色季拉山的垭口，我见到了被冰雪云雾笼罩的南迦巴瓦峰。这一次，我竟没有感到沮丧，这座我心中"爱"之象征的雪山让我领悟到一个深刻的哲理：阴霾，它只是暂时的遮挡，却并不影响南迦巴瓦自身的存在。当我们的内心已然拥有了驱散阴霾的能力，不管我什么，而是我的心里存在什么！是的，是我们自己决定了我们看到的这个世界到底是什么样子的；是我们自己在诠释我们在这个世界中经历了一些什么；是我们自己在创造这个世界。

归根结底，我们看世界的眼光决定了世界在我们面前是怎样的。也正因为如此，世界才是这样的丰富、有趣而多样。下一回，我要听听你心中的南极，透过你述说的南极，我，会看见你。

站在不同的位置，看到不同的结果

站在南极点上看地球，到处都是北；站在北极点上看地球，我们找不着北；站在宇宙空间的任意一个点上看地球，我们已然超越了南北。站在不同的位置，我们将会看到不同的结果。

在世界第一高塔——哈利法塔鸟瞰迪拜，我看到的是全局性的规划与多维的细节。而这样的视角，是站在

的眼睛是否可以看见，一座凝聚力量与勇气、坚毅与爱的南迦巴瓦将永远地矗立在我的眼中、驻扎在我的心里。原来，最重要的，不是我的眼睛看见

地面上所无法想象的。借由站到高处，我们可以思考我们的人生之路要去往哪里，如果这个画面就是自己的十年、二十年，甚至自己的一生的蓝图与未来，我该如何前行、如何转折、如何奋进、如何积累勇气与视野，是跳着、跑着，还是游着、飞着、跨越着去行动，便一目了然。以更高的视角去看自己，人生的所有问题你都会找到解答。

同样在 2013 年，独自在飘着飞雪的色季拉山徒步，我把自己当作山、当作鹰、当作天空，给了行走中的自己巨大的鼓舞。当我们从另外一个角度、完全不同的视角来看同一种事物，我们可以看到更多的美，更丰富的风景。一景一物，一花一世界，那是存在于我们心灵之中广阔无边的多维世界。

曾听过这样的话：当你飞得够远，你的视野将会被彻底地改变，你会看到我们同属一个叫作"地球"的星球，没有你、没有我、没有他……没有那亿万个小我，我们之间没有差别。

身处南极，站在人类世界之外看人类，我第一次看懂人类在做些什么，我终于懂得一个叫作"欲望"的词，它到底在说些什么。当我站在非人类主宰的南极大陆，我也第一次经历了人与自然、人与动物、人与地球之间的互敬互爱的和谐关系。如果人类可以站在地球与大自然的角度，以与地球同一个心智的视野看待地球、去服务地球上的生命，那么整个星球的万物必定是幸福与美好的。

透过旅行，我们在探索地球的同时，也在以纷呈的视角去探索、发现自身更多的潜能。透过外在的世界，我们看见了自己，也将创造出更多更为美好的可能与未来。

39 旅行的意义

LUXINGDEYIYI

所有精彩的旅行，都不是发生在外在，
而是在每个人的灵魂之中，发掘内在的
自己，这往往更胜于在外面走一万里。

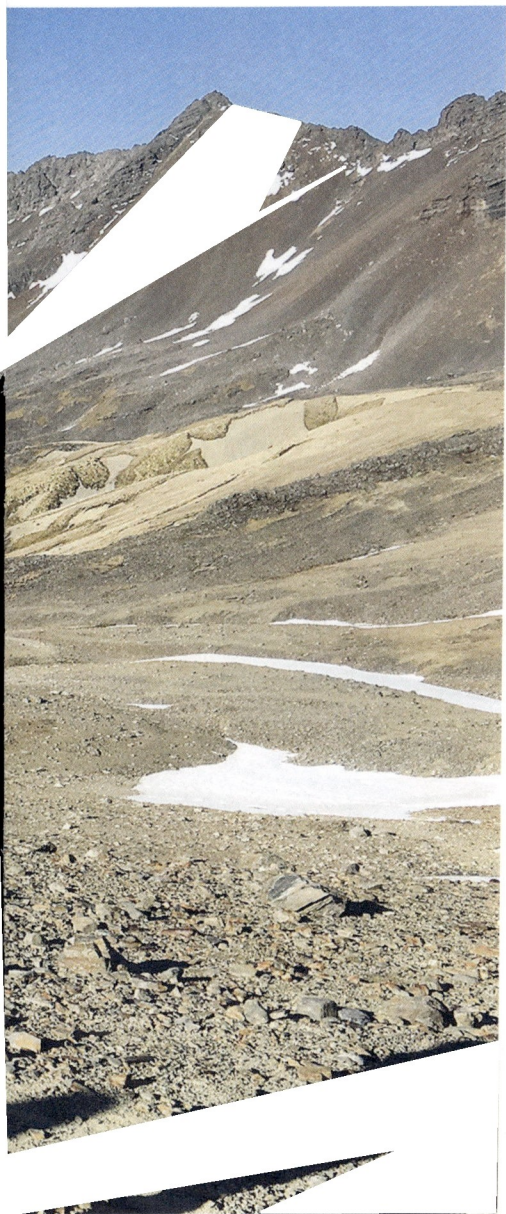

亲自走到那个地方，以自身独特的身心体验，建立与生命息息相关的连接

横戈说："人生就是一场体验。"

还有一句新几内亚的格言：任何知识在吸收到你的肌肉之前，都是一个谣言。它的意思是说，所有的知识都是假的，除非你真正地体验与感知到，它对你才是真实的。

对我而言，南极曾经只是地图上一个遥远的白色大陆。可是，只有当我亲自踏上这片土地，真正地走上 75 万年前开天辟地的火山口，追寻百年之前创造生存奇迹的探险家——沙克尔顿的足迹，跟随"杀人鲸"去围捕猎物，与暴风雪中呆萌可爱的帽带企鹅相遇，凝望那片纯蓝静谧的水域，感叹壮美的冰山，亲眼见到全球变暖对极地的影响……我才真正地感知到南极的气息。南极已不再是印刷品上的一方图画、电视里的一幅影像、书本中的一段文字，或脑袋中的一个概念或知识，它是我人生中的一段宝贵经历，是与我的生命紧密相连的真实存在。因为体验，因为感知，我碰触南极的脉搏，与它同呼吸、共命运。

这，就是旅行的意义：亲自走到那个地方，用自己的身心去了解、去感知、去领悟，以自身独特的身心体验，带来关于地球、关于自己、关于生命的重新认识与成长，那时，它对我们来说才是"真实"的存在，成为与生命息息相关的连接。

不仅如此，旅行中的投入与体验亦会增进对自身与外在事物的全面整合，完成对这个世界以及与他人更大程度的包容与接纳，创建更多更有意义与美好的连接和价值。

让我们走入大自然，静下心来，好好地感受自然中的每一个发生，感知自己的内心对于外在的触动与感动，这是最为珍贵与重要的。从此以后，无论你走到哪里，你都不会忘记这份连接，因为，它已流淌在你的血液里，刻进了你的骨髓中。记得用眼睛这部无法替代的相机去看、用耳朵去听、用鼻子去闻、用嘴巴去尝，让每一次旅行与你的身体合二为一，这是所有的影像设备都无法替代的。

不仅仅只是走一遭，更是构筑旅行之上对生命的反思与蜕变

12 月 12 日凌晨 4 点，再一次从熟悉的环境离开，走出可以掌控的舒适区，走向完全未知的世界，只是这一次，我去到的是南极。

旅行，不仅是来到一个与自己的出生地完全不同的地方，更是在时间空间的转换、人事物的碰撞里，让人有机会从固有的思维框架、惯性模式中跳脱出来，重新整合，发展出新的生命轨迹。

世界很大，纷呈而多样。当我们恢复到自由、开放与无边界、无所限制的状态，当我们调动所有的感知力去体验生命与自然的时候，我们会自然而然地从固有的自我中走出，放掉我们熟悉的、已知的想法和观点，融入当地。在与不同人种、不同环境、不同相貌和不同个性的人、不同文化理念、不同生存状态……的撞击中，我们获得不同层次的反思，透过与当地环境的能量场直接或间接的连接与体验，构建起对这个世界更为丰富的认知。

旅行，是一个混血融合与新陈代谢的过程。在旅行中，我们不仅拓展了自己的地理版图，更是在扩展我们的心灵疆域。经历与体验得越多，你越会发现这个世界没有对错，只关乎选择。我想过怎样的生活，我就去行动与创造。所谓走出去才会看到世界之大，走出去才能成就更立体、更多面与更广阔的自己。

旅行，终究是发现"我到底是谁"的过程。

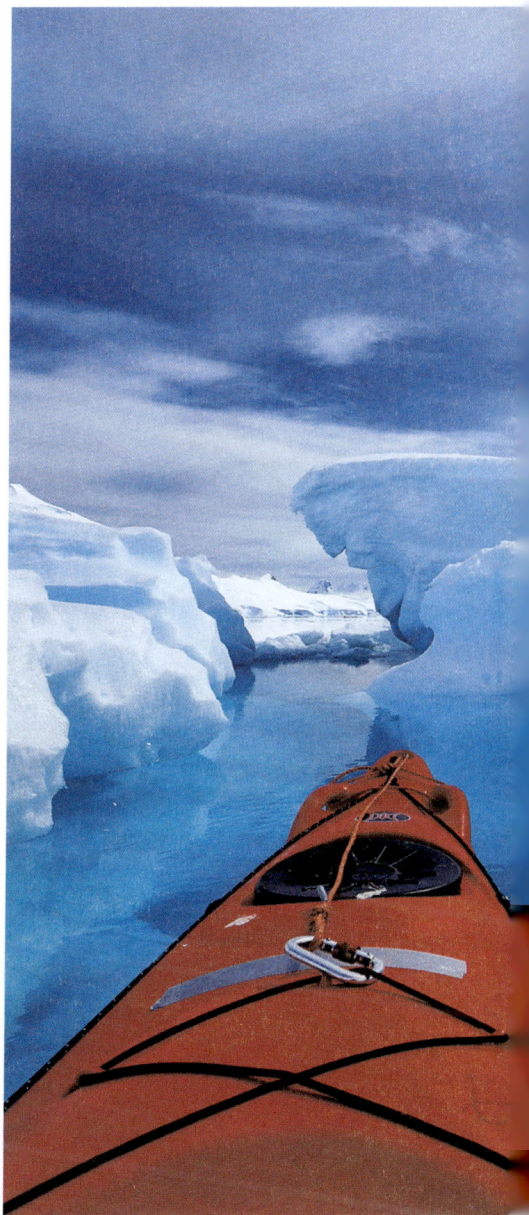

40 感谢"世界的尽头"，让梦想生生不息

GANXIE "SHIJIEDEJINGTOU",
RANGMENGXIANGSHENGSHENGBUXI

要用你的梦想引领你的一生，要用感恩、真诚、助人圆梦的心态引领你的一生，要用执着、无惧、乐观的态度来引领你的人生。

——李开复

从"世界的尽头"回来了，带回梦想实现后的满足，也带回了与纯净澎湃、静谧创造相融合的南极能量。

从南极回来以后，我强烈地感受到，我的生命已然发生了巨大的改变。之前的许多视角、情感、信念、观点被彻底打破、转变与整合。这是因为南极震撼人心的美，人与动物之间不带任何防范的美好关系，将我心灵中真正的渴望彻底激发。生命中有更多可以追求的有价值的东西，人活着，本来就可以为他人、为地球、为这个世界创造更多。坚定地追随内心的激情与最真实的梦想，这才是人生最为重要的所在。

此时此刻，我也比任何一个时候都热爱自然、热爱地球、热爱身边的人们，也更热爱南极。南极看似离我们非常遥远，可事实上南极就在你我的身边。人类的各种生产和生活活动无时无刻不在影响着极地的生态，影响着企鹅，影响着鲸鱼，影响着冰川，影响着南极大陆，影响着同属地球生物的我们。

我们每一个人都非常重要，这不再是一句空洞的口号，而是实实在在的现实。因为，这是一个万物相连的世界。

继续沿着内心的梦想去创造更多更有意义和价值的事物，建立起更多更美好的连接，这是我从南极带回的最大的生命礼物。

非常感谢这一程，因为童年的梦想，因为2014年的许愿，在2015年某个时机出现的时候，一并成真。它也成为我这一生中最为难忘的旅程与人生转折。

感谢梦想！当我们心中拥有梦想，它就会带领我们亲自走入梦中的那个世界。

感谢梦想！只有梦想，才会最大程度地激发我们坚持不懈的勇气，不断地前行在追逐梦想的路上。不管是风雨兼程，还是风和日丽，所有的一切都是梦想带给我们的礼物。我们会在阳光中汲取养分，在风雨中蜕变洗礼，我们一路成长，成为更为美好的自己。

感谢梦想！过去的经历决定了我们的现在，我们今天的抉择将决定我们的未来。

Fin Del Mundo, Principio De Todo！走出"世界的尽头"，我们又将踏上新的征程。载上满满的收获，回航至我们的出生地，生活又将重新开始，却已完全不同……

感悟篇

运用自然生长的力量，成长是惊人的

YUNYONGZIRANSHENGZHANGDELILIANG, CHENGZHANGSHIJINGRENDE

什么是成长？那是你内心的一个尺度。你能够感觉到你的成长，你内心知道你会成长为什么样子，就好像一颗橡树籽，无须指导，也会成长为一棵挺拔的橡树。世界上每一个人都可以成长为自己最好的样子

将南极游记全部写完了。看着满满的收获，心中无比满足。在写作的过程中，不时有朋友问我，你为何要写探索南极的启示，你是为了什么？当时我对他们说，等我写完后，我再来告诉你们。

的确，我一定要写，一定要把南极游记整理出来。这一方面是出于我的个人追求，我的内心有非常大的热情与激情，想把自己在南极巨大的所得记录下来，同时也记载下自己生命蜕变的整个历程。与此同时，我还有一种非常深刻的使命感，这是南极所赋予我的，我要让更多的人知晓，这个地球唯一没有人类的地方，它究竟是什么样子，它呈现出地球怎样的自然风貌，我们到底该如何与地球、与自然相处。所以，另一方面，我想要传播这些观点：为了地球母亲，也为了我们自己，了解自然规律，了解万物相连，了解放下就是拥有，等等。当我们能够了解冲突是和谐的、冲突是合一的，真正的冲突是不存在的，就会衍生出自己内在的和平与和谐，并延伸到人与人之间、国家与国家之间的和平共处。如果我说真正的痛苦也是不存在的，你相信吗？只要我们归位于自然法则之内，我们就可以减少许多人类彼此之间的纷争，消除人们内心的挣扎而收获更为美好与更为和谐的各个层次的关系。虽然花了十几万去了一次南极，但是南极给予我的价值却是无价的，做这些难道不是一件很美好的事情吗？！

在写作与制作的过程中，我也遵循且运用了我从南极学到的《让生命拥有自然成长的力量》，从一个极度要求完美的拖延症患者，转变成愿意做到当下的最好，并给自己足够的耐心和时间，在一次又一次的练习中收获成长与提升……从一开始需要大半天才能码出一篇文字，继而修改几个小时，到写了几十篇之后，可以每天写三篇文章并配上图片，录制六段音频，文字行云流水，整理配图与视频可谓信手拈来，这样的效率与品质，我自己都感觉难以置信。而这，不就是不断练习，不断运用自然成长的力量去收获更好的自己的过程吗！回想起从小我语文成绩一般、工作后至30岁前很少看书，但就在写了100多万字的自我探索日记之后，竟然不断有朋友说我写得不错，那时我总是非常诧异。而现在，我明白了，这就是强大的自然成长的力量，只要有不断的量的累积，就一定有质变的发生。所以，任何事情都不用着急，让生命自然成长，我们行动的效率会越来越高，品质会越来越好，这样的成长速度是极为惊人的。

让我们在练习中收获成长，也在练习中不断探索与激发自己的潜能。

任何事情、任何时间、任何环境都是探索自己、了解与拓展自己更多可能的最佳时机。生命也会因为我们的自然成长而变得轻松与自由。

全然地拥抱与享受生命给予我们的礼物吧！感谢南极，感谢生命，感谢成长，感谢你我！